हिन्द पॉकेट बुक्स

मुंशी प्रेमचन्द की श्रेष्ठ बाल कहानियां

प्रेमचंद हिन्दी और उर्दू के महानतम भारतीय लेखकों में से एक हैं। मूल नाम धनपत राय श्रीवास्तव, प्रेमचंद को नवाब राय और मुंशी प्रेमचंद के नाम से भी जाना जाता है। वे एक संवेदनशील लेखक, सचेत नागरिक, कुशल वक्ता तथा सुधी (विद्वान) संपादक थे। उपन्यास के क्षेत्र में उनके योगदान को देखकर बंगाल के विख्यात उपन्यासकार शरतचंद्र चट्टोपाध्याय ने उन्हें उपन्यास सम्राट कहकर संबोधित किया था। प्रेमचंद ने हिन्दी कहानी और उपन्यास की एक ऐसी परंपरा का विकास किया जिसने पूरी सदी के साहित्य का मार्गदर्शन किया। आगामी एक पूरी पीढ़ी को गहराई तक प्रभावित कर प्रेमचंद ने साहित्य की यथार्थवादी परंपरा की नींव रखी। उनका लेखन हिन्दी साहित्य की एक ऐसी विरासत है जिसके बिना हिन्दी के विकास का अध्ययन अधूरा होगा।

मुंशी प्रेमचन्द की श्रेष्ठ बाल कहानियां

मुंशी प्रेमचन्द

हिन्द पॉकेट बुक्स
पेंगुइन रैंडम हाउस इम्प्रिंट

हिन्द पॉकेट बुक्स

यूएसए | कनाडा | यूके | आयरलैंड | ऑस्ट्रेलिया | सिंगापुर
न्यू ज़ीलैंड | भारत | दक्षिण अफ्रीका | चीन

हिन्द पॉकेट बुक्स, पेंगुइन रैंडम हाउस ग्रुप ऑफ़ कम्पनीज़ का हिस्सा है, जिसका पता global.penguinrandomhouse.com पर मिलेगा

पेंगुइन रैंडम हाउस इंडिया प्रा. लि.,
चौथी मंजिल, कैपिटल टावर -1, एम जी रोड,
गुड़गांव 122 002, हरियाणा, भारत

पेंगुइन
रैंडम हाउस
इंडिया

प्रथम संस्करण हिन्द पॉकेट बुक्स द्वारा 2005 में प्रकाशित
यह संस्करण हिन्द पॉकेट बुक्स में पेंगुइन रैंडम हाउस द्वारा 2022 में प्रकाशित

10 9 8 7 6 5 4 3 2

ISBN 9789353495138

मुद्रक : मणिपाल टेक्नॉलजीस् लिमिटेड, भारत

www.penguin.co.in

MIX
Paper | Supporting responsible forestry
FSC® C043100

This is a legitimate digitally printed version of the book and therefore might not have certain extra finishing on the cover.

यह किताब

"प्रेमचन्द साधारण कलाकार न थे, भात और भाषा के बादशाह थे। उनकी रचना पढ़ने के लिए हमको अपने ऊपर ज़ोर नहीं देना पड़ता। हम उसमें बहते चले जाते हैं। हर कहानी पढ़कर हमको मालूम होता है कि हमने जीवन का कोई नूतन चित्र देखा है। हमें दिल की आंखें खुलती मालूम होती हैं।"

– सुदर्शन

लगभग 300 कहानियों के महान लेखक की हरेक कहानी के बारे में कथा–पारखी सुदर्शन की ये बातें उनके समूचे कथा–संसार का आइना हैं। बच्चों और किशोरों के लिए उनकी क़लम से उपजी कहानियों के बारे में तो यह कथन और भी अच्छी तरह से लागू होता है। इस संकलन में दी गई ये सरस और सरल 8 कहानियां बच्चों की दुनिया की श्रेष्ठ बानगी हैं। इनमें मन को गहरे तक छूने की ताक़त है और ये प्रेरणा तथा शिक्षा से भरपूर हैं।

ये चुनिन्दा कहानियां बच्चों और किशोरों को आनन्दित करेंगी ही, बड़ों को भी उनकी भूमिका का अहसास दिलाएंगी।

सम्पादक

अनुक्रम

ईदगाह 9

दो बैलों की कथा 30

रामलीला 50

गुल्ली-डंडा 61

नमक का दारोग़ा 75

बूढ़ी काकी 89

पंच-परमेश्वर 104

ईदगाह

रमज़ान के पूरे तीस रोज़ों के बाद ईद आई है। कितना मनोहर, कितना सुहावना प्रभात है! वृक्षों पर कुछ अजीब हरियाली है, खेतों में कुछ अजीब रौनक है, आसमान पर कुछ अजीब लालिमा है। आज का सूर्य देखो, कितना प्यारा, कितना शीतल है, मानो संसार को ईद की बधाई दे रहा है। गांव में कितनी हलचल है! ईदगाह जाने की तैयारियां हो रही हैं। किसी के कुर्ते में बटन नहीं है, पड़ोस के घर से सुई-धागा लेने दौड़ा जा रहा है। किसी के जूते कड़े हो गए हैं, उनमें तेल डालने के लिए तेली के घर भागा जाता है। जल्दी-जल्दी बैलों को सानी-पानी दे दें। ईदगाह से लौटते-लौटते दोपहर हो जाएगी। तीन कोस का पैदल रास्ता, फिर सैकड़ों आदमियों से मिलना-भेंटना। दोपहर के पहले लौटना असम्भव है। लड़के सबसे ज़्यादा प्रसन्न हैं। किसी ने एक रोज़ा रखा है, वह भी दोपहर तक, किसी ने वह भी नहीं; लेकिन ईदगाह जाने की ख़ुशी उनके हिस्से की चीज़ है। रोज़े बड़े-बूढ़ों के लिए होंगे; उनके लिए तो ईद है। रोज़ ईद का नाम रटते थे। आज

वह आ गई। अब जल्दी पड़ी है कि लोग ईदगाह क्यों नहीं चलते। इन्हें गृहस्थी की चिन्ताओं से क्या प्रयोजन! सेवैयों के लिए दूध और शक्कर घर में है या नहीं, इनकी बला से, ये तो सेवैयां खाएंगे। वह क्या जाने कि अब्बाजान क्यों बदहवास चौधरी कायमअली के घर दौड़े जा रहे हैं। उन्हें क्या ख़बर कि चौधरी आज आंखें बदल लें, तो यह सारी ईद मुहर्रम हो जाए। उनकी अपनी जेबों में तो कुबेर का धन भरा हुआ है। बार-बार जेब से अपना ख़ज़ाना निकालकर गिनते हैं और ख़ुश होकर फिर रख लेते हैं। महमूद गिनता है – एक, दो, दस, बारह। उसके पास बारह पैसे हैं। मोहसिन के पास एक, दो, तीन, आठ, नौ, पन्द्रह पैसे हैं। इन्हीं अनगिनती पैसों से अनगिनती चीज़ें लाएंगे – खिलौने, मिठाइयां, बिगुल, गेंद और न जाने क्या-क्या। और सबसे ज़्यादा प्रसन्न है हामिद। वह चार-पांच साल का ग़रीब सूरत, दुबला-पतला लड़का, जिसका बाप गत वर्ष हैज़े की भेंट हो गया और मां न जाने क्यों पीली होती-होती एक दिन मर गई। किसी को पता न चला, क्या बीमारी है। कहती भी तो कौन सुनने वाला था! दिल पर जो कुछ बीतती थी, वह दिल में ही सहती थी और जब न सहा गया, तो संसार से विदा हो गई। अब हामिद अपनी बूढ़ी दादी अमीना की गोद में सोता है और उतना ही प्रसन्न है। उसके अब्बाजान रुपये कमाने गए हैं। बहुत-सी थैलियां लेकर आएंगे। अम्मीजान अल्लाह मियां के घर से उसके लिए बड़ी अच्छी-अच्छी चीज़ें लाने गई हैं; इसलिए हामिद प्रसन्न है। आशा तो बड़ी चीज़ है, और फिर बच्चों की आशा! उनकी कल्पना तो राई का पर्वत बना लेती है। हामिद के पांव में जूते नहीं हैं, सिर पर एक पुरानी-धुरानी टोपी है, जिसका गोट काला पड़ गया है, फिर भी वह प्रसन्न है। जब उसके अब्बाजान थैलियां और अम्मीजान

नियामतें लेकर आएंगी, तो वह दिल के अरमान निकाल लेगा। तब देखेगा महमूद, मोहसिन, नूरे और सम्मी कहां से उतने पैसे निकालेंगे। अभागिन अमीना अपनी कोठरी में बैठी रो रही है। आज ईद का दिन और उसके घर में दाना नहीं! आज आबिद होता तो क्या इसी तरह ईद आती और चली जाती! इस अन्धकार और निराशा में वह डूबी जा रही थी। किसने बुलाया था इस निगोड़ी ईद को! इस घर में उसका काम नहीं है। लेकिन हामिद! उसे किसी के मरने-जीने से क्या मतलब? उसके अन्दर प्रकाश है, बाहर आशा। विपत्ति अपना सारा दल-बल लेकर आए, हामिद की आनन्द-भरी चितवन उसका विध्वंस कर देगी।

हामिद भीतर जाकर अपनी दादी से कहता है – तुम डरना नहीं अम्मां, मैं सबसे पहले आऊंगा। बिल्कुल न डरना।

अमीना का दिल कचोट रहा है। गांव के बच्चे अपने-अपने बाप के साथ जा रहे हैं। हामिद के बाप अमीना के सिवा और कौन है? उसे कैसे अकेले मेले जाने दे! उस भीड़-भाड़ में बच्चा कहीं खो जाए तो क्या हो? नहीं; अमीना उसे यों न जाने देगी। नन्ही-सी जान! तीन कोस चलेगा कैसे? पैर में छाले पड़ जाएंगे। जूते भी तो नहीं हैं। वह थोड़ी-थोड़ी दूर पर उसे गोद ले लेगी। लेकिन यहां सेवैयां कौन पकाएगा? पैसे होते तो लौटते-लौटते सब सामग्री जमा करके चटपट बना लेती। यहां तो घंटों चीज़ें जमा करते लगेंगे। मांगे ही का तो भरोसा ठहरा। उस दिन फहीमन के कपड़े सिए थे। आठ आने पैसे मिले थे। उस अठन्नी को ईमान की तरह बचाती चली आती थी इसी ईद के लिए। लेकिन कल ग्वालिन सिर पर सवार हो गई तो क्या करती! हामिद के

लिए कुछ नहीं है, तो दो पैसे का दूध तो चाहिए ही। अब तो कुल दो आने पैसे बच रहे हैं। तीन पैसे हामिद की जेब में, पांच अमीना के बटुए में। यही तो बिसात है और ईद का त्योहार! अल्लाह ही बेड़ा पार लगाए। धोबन और नाइन और मेहतरानी और चूड़िहारिन सभी तो आएंगी। सभी को सेवैयां चाहिए और थोड़ा किसी की आंखों नहीं लगता। किस-किस से मुंह चुराएगी? और मुंह क्या चुराए? साल-भर का त्योहार है। ज़िन्दगी ख़ैरियत से रहे, उनकी तक़दीर भी तो उसी के साथ है। बच्चे को ख़ुदा सलामत रखे, ये दिन भी कट जाएंगे।

गांव से मेला चला। और बच्चों के साथ हामिद भी जा रहा था। कभी सबके-सब दौड़कर आगे निकल जाते। फिर किसी पेड़ के नीचे खड़े होकर साथ वालों का इन्तज़ार करते। ये लोग क्यों इतना धीरे-धीरे चल रहे हैं? हामिद के पैरों में तो जैसे पर लग गए हैं। वह कभी थक सकता है! शहर का दामन आ गया। सड़क के दोनों ओर अमीरों के बग़ीचे हैं। पक्की चारदीवारी बनी हुई है। पेड़ों में आम और लीचियां लगी हुई हैं। कभी-कभी कोई लड़का कंकड़ी उठाकर आम पर निशाना लगाता है। माली अन्दर से गाली देता हुआ निकलता है। लड़के वहां से एक फर्लांग पर हैं। ख़ूब हंस रहे हैं। माली को कैसे उल्लू बनाया है!

बड़ी-बड़ी इमारतें आने लगीं; यह अदालत है, यह कॉलेज है, यह क्लब-घर है। इतने बड़े कॉलेज में कितने लड़के पढ़ते होंगे! सब लड़के नहीं हैं जी! बड़े-बड़े आदमी हैं, सच उनकी बड़ी-बड़ी मूंछें हैं। इतने बड़े हो गए, अभी तक पढ़ने जाते हैं। न जाने कब तक पढ़ेंगे और क्या करेंगे इतना पढ़कर? हामिद के मदरसे में दो-तीन बड़े-बड़े लड़के हैं, बिल्कुल तीन कौड़ी के रोज़ मार खाते हैं, काम से जी चुराने वाले। इस जगह भी उसी तरह के लोग होंगे और क्या। क्लब-घर में जादू होता

है। सुना है, यहां मुर्दे की खोपड़ियां दौड़ती हैं और बड़े-बड़े तमाशे होते हैं, पर किसी को अन्दर नहीं जाने देते। और यहां शाम को साहब लोग खेलते हैं। बड़े-बड़े आदमी खेलते हैं, मूंछों-दाढ़ी वाले और मेमें खेलती हैं, सच! हमारी अम्मां को वह दे दो, क्या नाम है – बैट, तो उसे पकड़ ही न सकें। घुमाते ही लुढ़क न जाएं!

महमूद ने कहा – हमारी अम्मीजान का तो हाथ कांपने लगे, अल्ला क़सम।

मोहसिन बोला – अम्मी मनों आटा पीस डालती हैं। ज़रा-सा बैट पकड़ लेंगी, तो हाथ कांपने लगे। सैकड़ों घड़े पानी रोज़ निकालती हैं। पांच घड़े तो मेरी भैंस पी जाती है। किसी मेम को एक घड़ा पानी भरना पड़े, तो आंखों तले अंधेरा आ जाए।

महमूद – लेकिन दौड़ती तो नहीं, उछल-कूद तो नहीं सकतीं।

मोहसिन – हां, उछल-कूद नहीं सकतीं; लेकिन उस दिन मेरी

गाय खुल गई थी और चौधरी के खेत में जा पड़ी थी, तो अम्मां इतनी तेज़ दौड़ीं कि मैं उन्हें न पा सका, सच?

आगे चले। हलवाइयों की दुकानें शुरू हुईं। आज ख़ूब सजी हुई थीं। इतनी मिठाइयां कौन खाता है। देखो न, एक-एक दुकान पर मनों होंगी। सुना है, रात को जिन्नात आकर ख़रीद ले जाते हैं। अब्बा कहते थे कि आधी रात को एक आदमी हर दुकान पर जाता है और जितना माल बचा होता है, वह तुलवा लेता है और सचमुच के रुपये देता है, बिल्कुल ऐसे ही रुपये।"

हामिद को यक़ीन न आया – ऐसे रुपये जिन्नात को कहां से मिल जाएंगे?

मोहसिन ने कहा – जिन्नात को रुपये की क्या कमी! जिस ख़ज़ाने में चाहें, चले जाएं। लोहे के दरवाज़े तक उन्हें नहीं रोक सकते जनाब, आप हैं किस फेर में! हीरे-जवाहरात तक उनके पास रहते हैं, जिससे ख़ुश हो गए, उसे टोकरों जवाहरात दे दिए। अभी यहीं बैठे हैं, पांच मिनट में कलकत्ता पहुंच जाएं।

हामिद ने फिर पूछा – जिन्नात बहुत बड़े-बड़े होते होंगे?

मोहसिन – एक-एक आसमान के बराबर होता है जी। ज़मीन पर खड़ा हो जाए, तो उसका सिर आसमान में जा लगे, मगर चाहें तो एक लोटे में घुस जाएं।

हामिद – लोग उन्हें ख़ुश करते होंगे? कोई मुझे वह मन्तर बता दे, तो एक जिन्न को ख़ुश कर लूं।

मोहसिन – अब यह तो मैं नहीं जानता, लेकिन चौधरी साहब के क़ाबू में बहुत से जिन्नात हैं। कोई चीज़ चोरी जाए, चौधरी साहब

उसका पता लगा देंगे और चोर का नाम भी बता देंगे। जुमराती का बछवा उस दिन खो गया था। तीस दिन हैरान हुए, कहीं न मिला। तब झख मारकर चौधरी के पास गए। चौधरी ने तुरन्त बता दिया कि मवेशीख़ाने में है, और वहीं मिला। जिन्नात आकर उन्हें सारे जहान की ख़बरें दे जाते हैं।

अब उसकी समझ में आ गया कि चौधरी के पास क्यों इतना धन है, और क्यों उनका इतना सम्मान है।

आगे चले। यह पुलिस लाइन है। यहीं सब कानिसटिबल क़वायद करते हैं। रैटन! फाय फो! रात को बेचारे घूम-घूमकर पहरा देते हैं, नहीं चोरियां हो जाएं। मोहसिन ने प्रतिवाद किया – यह कानिसटिबल पहरा देते हैं, तभी तुम बहुत जानते हो। अजी हज़रत, यही चोरी कराते हैं। शहर के जितने चोर-डाकू हैं, सब इनसे मिले रहते हैं। रात को ये लोग चोरों से तो कहते हैं, चोरी करो और आप दूसरे मुहल्ले में जाकर 'जागते रहो! जागते रहो!' पुकारते हैं। जभी इन लोगों के पास इतने रुपये आते हैं। मेरे मामूं एक थाने में कानिसटिबल हैं। बीस रुपये महीना पाते हैं; लेकिन पचास रुपये घर भेजते हैं। अल्ला क़सम! मैंने एक बार पूछा था कि मामूं, आप इतने रुपये कहां से पाते हैं? हंसकर कहने लगे – बेटा, अल्लाह देता है। फिर आप ही बोले – हम लोग चाहें तो एक दिन में लाखों मार लाएं। हम तो इतना ही लेते हैं, जिसमें अपनी बदनामी न हो और नौकरी न चली जाए।

हामिद ने पूछा – ये लोग चोरी करवाते हैं, तो कोई इन्हें पकड़ता नहीं?

मोहसिन उसकी नादानी पर दया दिखाकर बोला – अरे पागल,

इन्हें कौन पकड़ेगा? पकड़ने वाले तो ये ख़ुद हैं। लेकिन अल्लाह इनको सज़ा भी ख़ुद देता है। हराम का माल हराम में जाता है। थोड़े ही दिन हुए, मामूं के घर में आग लग गई। सारी लेई-पूंजी जल गई। एक बरतन तक न बचा। कई दिन पेड़ के नीचे सोये, अल्ला क़सम, पेड़ के नीचे। फिर न जाने कहां से एक सौ क़र्ज़ लाए तो बर्तन-भांडे आए।

हामिद – एक सौ तो पचास से ज़्यादा होते हैं।

'कहां पचास, कहां एक सौ! पचास एक थैली-भर होता है। सौ तो दो थैलियों में भी न आवें!'

अब बस्ती घनी होने लगी थी। ईदगाह जाने वालों की टोलियां नज़र आने लगीं। एक-से-एक भड़कीले वस्त्र पहने हुए। कोई इक्के-तांगे पर सवार, कोई मोटर पर, सभी इत्र में बसे, सभी के दिलों में उमंग। ग्रामीणों का यह छोटा-सा दल, अपनी विपन्नता से बेख़बर, सन्तोष और धैर्य में मगन चला जा रहा था। बच्चों के लिए नगर की सभी चीज़ें अनोखी थीं। जिस चीज़ की ओर ताकते, ताकते ही रह जाते। और पीछे से बार-बार हॉर्न की आवाज़ होने पर भी न चेतते। हामिद तो मोटर के नीचे आते-आते बचा।

सहसा ईदगाह नज़र आया। ऊपर इमली के घने वृक्षों की छाया। नीचे पक्का फ़र्श है, जिस पर जाज़िम बिछा हुआ है। और रोज़ेदारों की पंक्तियां एक के पीछे एक न जाने कहां तक चली गई हैं, पक्के जगत के नीचे तक, जहां जाज़िम भी नहीं है। नए आने वाले आकर पीछे की क़तार में खड़े हो जाते हैं। आगे जगह नहीं है। यहां कोई धन और पद नहीं देखता। इस्लाम की निगाह में सब बराबर हैं। इन ग्रामीणों ने भी वजू किया और पिछली पंक्ति में खड़े हो

गए। कितना सुन्दर संचालन है, कितनी सुन्दर व्यवस्था! लाखों सिर एक साथ सिजदे में झुक जाते हैं, फिर सबके-सब एक साथ खड़े हो जाते हैं। एक साथ झुकते हैं और एक साथ घुटनों के बल बैठ जाते हैं। कई बार यही क्रिया होती है, जैसे बिजली की लाखों बत्तियां एक साथ प्रदीप्त हों और एक साथ बुझ जाएं, और यही क्रम चलता रहा। कितना अपूर्व दृश्य था, जिसकी सामूहिक क्रियाएं, विस्तार और अनन्तता हृदय को श्रद्धा, गर्व और आत्मानन्द से भर देती थीं, मानो भ्रातृत्व का एक सूत्र इन समस्त आत्माओं को एक लड़ी में पिरोए हुए है।

नमाज़ ख़त्म हो गई है, लोग आपस में गले मिल रहे हैं। तब मिठाई और खिलौनों की दुकानों पर धावा होता है। ग्रामीणों का यह दल इस विषय में बालकों से कम उत्साही नहीं है। यह देखो, हिंडोला है। एक पैसा देकर चढ़ जाओ। कभी आसमान पर जाते हुए मालूम होंगे, कभी ज़मीन पर गिरते हुए। यह चर्खी है, लकड़ी के हाथी, घोड़े, ऊंट छड़ों से लटके हुए हैं। एक पैसा देकर बैठ जाओ और पच्चीस चक्करों का मज़ा लो। महमूद और मोहसिन, नूरे और सम्मी इन घोड़ों और ऊंटों पर बैठते हैं। हामिद दूर खड़ा है। तीन ही पैसे तो उसके पास हैं। अपने कोष का एक-तिहाई ज़रा-सा चक्कर खाने के लिए नहीं दे सकता।

सब चर्खियों से उतरते हैं। अब खिलौने लेंगे। इधर दुकानों की क़तार लगी हुई है। तरह-तरह के खिलौने हैं – सिपाही और गुजरियां, राजा और वकील, भिश्ती और धोबिन और साधू। वाह! कितने सुन्दर खिलौने हैं!

अब बोला ही चाहते हैं। महमूद सिपाही लेता है, ख़ाकी वर्दी और लाल पगड़ी वाला, कन्धे पर बन्दूक़ रखे हुए। मालूम होता है, अभी क़वायद किए चला आ रहा है। मोहसिन को भिश्ती पसन्द आया। कमर झुकी है, ऊपर मशक रखे हुए हैं। मशक का मुंह एक हाथ से पकड़े हुए है। कितना प्रसन्न है! शायद कोई गीत गा रहा है। बस, मशक से पानी उंडेला ही चाहता है। नूरे को वकील से प्रेम है। कैसी विद्वता है उसके मुख पर! काला चोगा, नीचे सफ़ेद अचकन, अचकन के सामने की जेब में घड़ी, सुनहरी ज़ंजीर, एक हाथ में क़ानून का पोथा लिये हुए है। मालूम होता है, अभी किसी अदालत से जिरह या बहस किए चले आ रहे हैं। ये सब दो-दो पैसे के खिलौने हैं। हामिद के पास कुल तीन पैसे हैं, इतने महंगे खिलौने वह कैसे ले? खिलौना कहीं हाथ से छूट पड़े, तो चूर-चूर हो जाए। ज़रा पानी पड़े, तो सारा रंग धुल जाए। ऐसे खिलौने लेकर वह क्या करेगा, किस काम के?

मोहसिन – मेरा भिश्ती रोज़ पानी दे जाएगा; सांझ-सवेरे।

महमूद – और मेरा सिपाही घर का पहरा देगा। कोई चोर आएगा, तो फ़ौरन बन्दूक़ से फ़ैर कर देगा।

नूरे – और मेरा वकील ख़ूब मुक़दमा लड़ेगा।

सम्मी – और मेरी धोबिन रोज़ कपड़े धोएगी।

हामिद खिलौने की निन्दा करता है – मिट्टी ही के तो हैं, गिरें तो चकनाचूर हो जाएं। लेकिन ललचाई हुई आंखों से खिलौनों को देख रहा है और चाहता है कि ज़रा देर के लिए उन्हें हाथ में ले सकता। उसके हाथ अनायास ही लपकते हैं, लेकिन लड़के इतने त्यागी नहीं होते, विशेषकर जब अभी नया शौक़ हो। हामिद ललचाता रह जाता है।

खिलौने के बाद मिठाइयां आती हैं। किसी ने रेवड़ियां ली हैं, किसी ने गुलाबजामुन, किसी ने सोहनहलुआ। मज़े से खा रहे हैं। हामिद उनकी बिरादरी से पृथक है। अभागे के पास तीन पैसे हैं। क्यों नहीं कुछ लेकर खाता? ललचाई आंखों से सबकी ओर देखता है।

मोहसिन कहता है–हामिद, रेवड़ी ले जा, कितनी ख़ुशबूदार है।

हामिद को सन्देह हुआ, यह केवल क्रूर विनोद है, मोहसिन इतना उदार नहीं है; लेकिन यह जानकर भी वह उसके पास जाता है। मोहसिन दोने से एक रेवड़ी निकालकर हामिद की ओर बढ़ाता है। हामिद हाथ फैलाता है। मोहसिन रेवड़ी अपने मुंह में रख लेता है। महमूद, नूरे और सम्मी ख़ूब तालियां बजा-बजाकर हंसते हैं। हामिद खिसिया जाता है।

मोहसिन – अच्छा, अबकी ज़रूर दूंगा हामिद, अल्ला क़सम, ले जाव।

हामिद – रखे रहो। क्या मेरे पास पैसे नहीं हैं?

सम्मी – तीन ही पैसे तो हैं। तीन पैसे में क्या-क्या लोगे?

महमूद – हमसे गुलाबजामुन ले जाव हामिद। मोहसिन बदमाश है।

हामिद – मिठाई कौन बड़ी नेमत है। किताब में इसकी कितनी बुराइयां लिखी हैं।

मोहसिन – लेकिन दिल में कह रहे होंगे कि मिले तो खा लें। अपने पैसे क्यों नहीं निकालते?

महमूद – हम समझते हैं इसकी चालाकी। जब हमारे सारे पैसे ख़र्च हो जाएंगे, तो हमें ललचा-ललचाकर खाएगा।

मिठाइयों के बाद कुछ दुकानें लोहे की चीज़ों की हैं, कुछ गिलट और कुछ नक़ली गहनों की। लड़कों के लिए यहां कोई आकर्षण न था। वे सब आगे बढ़ जाते हैं। हामिद लोहे की दुकान पर रुक जाता है। कई चिमटे रखे हुए थे। उसे ख़याल आया, दादी के पास चिमटा नहीं है। तवे से रोटियां उतारती हैं, तो हाथ जल जाता है; अगर वह चिमटा ले जाकर दादी को दे दे, तो वह कितनी प्रसन्न होंगी। फिर उनकी उंगलियां कभी न जलेंगी। घर में एक काम की चीज़ हो जाएगी। खिलौने से क्या फ़ायदा। व्यर्थ में पैसे ख़राब होते हैं। ज़रा देर ही तो ख़ुशी होती है। फिर तो खिलौनों को कोई आंख उठाकर नहीं देखता। या तो घर पहुंचते-पहुंचते टूट-फूट बराबर हो जाएंगे, या छोटे बच्चे जो मेले में नहीं आए हैं, ज़िद करके ले लेंगे और तोड़ डालेंगे। चिमटा कितने काम की चीज़ है। रोटियां तवे से उतार लो, चूल्हे में सेंक लो। कोई आग मांगने आए, तो चटपट चूल्हे से आग निकालकर उसे दे दो। अम्मां बेचारी को कहां फ़ुर्सत है कि बाज़ार आएं, और इतने पैसे ही कहां मिलते हैं! रोज़ हाथ जला लेती हैं। हामिद के साथी आगे बढ़ गए हैं। सबील पर सबके-सब शर्बत पी रहे हैं। देखो, सब कितने लालची हैं! इतनी मिठाइयां लीं, मुझे किसी ने एक भी न दी। उस पर कहते हैं, मेरे साथ खेलो। मेरा यह काम करो। अब अगर किसी ने कोई काम करने को कहा, तो पूछूंगा। खाएं मिठाइयां, आप मुंह सड़ेगा, फोड़े-फुंसियां निकलेंगी, आप ही ज़बान चटोरी हो जाएगी। तब घर के पैसे चुराएंगे और मार खाएंगे। किताब में झूठी बातें थोड़े ही लिखी हैं। मेरी ज़बान क्यों ख़राब होगी? अम्मां चिमटा देखते ही दौड़कर मेरे हाथ

से ले लेंगी और कहेंगी – मेरा बच्चा अम्मां के लिए चिमटा लाया है! हज़ारों दुआएं देंगी। फिर पड़ोस की औरतों को दिखाएंगी। सारे गांव में चर्चा होने लगेगी, हामिद चिमटा लाया है। कितना अच्छा लड़का है! इन लोगों के खिलौनों पर कौन इन्हें दुआएं देगा? बड़ों की दुआएं सीधे अल्लाह के दरबार में पहुंचती हैं और तुरन्त सुनी जाती हैं। मेरे पास पैसे नहीं हैं। तभी तो मोहसिन और महमूद यों मिज़ाज दिखाते हैं। मैं भी इनसे मिज़ाज दिखाऊंगा। खेलें खिलौने और खाएं मिठाइयां। मैं नहीं खेलता खिलौने, किसी का मिज़ाज क्यों सहूं? मैं ग़रीब सही, किसी से कुछ मांगने तो नहीं जाता। आख़िर अब्बाजान कभी-न-कभी आएंगे। अम्मां भी आएंगी ही। फिर इन लोगों से पूछूंगा, कितने खिलौने लोगे? एक-एक को टोकरियों खिलौने दूं और दिखा दूं कि दोस्तों के साथ इस तरह सलूक किया जाता है। यह नहीं कि एक पैसे की रेवड़ियां लीं, तो चिढ़ा-चिढ़ाकर खाने लगे। सबके-सब हंसेंगे कि हामिद ने चिमटा लिया है। हंसें, मेरी बला से। उसने दुकानदार से पूछा – यह चिमटा कितने का है?

दुकानदार ने उसकी ओर देखा और कोई आदमी साथ न देखकर कहा – यह तुम्हारे काम का नहीं है जी।

'बिकाऊ क्यों नहीं है? और यहां क्यों लाद लाए हैं?'

'बिकाऊ है, क्यों नहीं?'

'तो बताते क्यों नहीं, कै पैसे का है?'

'छै पैसे लगेंगे।'

हामिद का दिल बैठ गया।

'ठीक-ठीक पांच पैसे लगेंगे, लेना हो लो, नहीं चलते बनो।'

हामिद ने कलेजा मज़बूत करके कहा – तीन पैसे लोगे?

यह कहता हुआ वह आगे बढ़ गया कि दुकानदार की घुड़कियां न सुने। लेकिन दुकानदार ने घुड़कियां नहीं दी। बुलाकर चिमटा दे दिया। हामिद ने उसे इस तरह कन्धे पर रखा, मानो बन्दूक़ है और शान से अकड़ता हुआ संगियों के पास आया। ज़रा सुनें, सबके-सब क्या-क्या आलोचनाएं करते हैं।

मोहसिन ने हंसकर कहा – यह चिमटा क्यों लाया पगले; इसे क्या करेगा? हामिद ने चिमटे को ज़मीन पर पटककर कहा – ज़रा अपना भिश्ती ज़मीन पर गिरा दो। सारी पसलियां चूर-चूर हो जाएं बच्चू की।

महमूद बोला – तो यह चिमटा कोई खिलौना है?

हामिद – खिलौना क्यों नहीं है! अभी कन्धे पर रखा, बन्दूक़ हो गई। हाथ में लिया, फ़क़ीरों का चिमटा हो गया। चाहूं तो इससे मंजीरे का काम ले सकता हूं। एक चिमटा जमा दूं, तो तुम लोगों के सारे खिलौनों की जान निकल जाए। तुम्हारे खिलौने कितना ही ज़ोर लगावें, मेरे चिमटे का बाल भी बांका नहीं कर सकते। मेरा बहादुर शेर है – चिमटा।

सम्मी ने खंजरी ली थी। प्रभावित होकर बोला – मेरी खंजरी से बदलोगे? दो आने की है।

हामिद ने खंजरी की ओर उपेक्षा से देखा – मेरा चिमटा चाहे तो तुम्हारी खंजरी का पेट फाड़ डाले। बस, एक चमड़े की झिल्ली लगा दी, ढब-ढब बोलने लगी। ज़रा-सा पानी लग जाए तो ख़त्म हो जाए। मेरा बहादुर चिमटा आग में, पानी में, तूफ़ान में बराबर डटा खड़ा रहेगा।

चिमटे ने सभी को मोहित कर लिया; लेकिन अब पैसे किसके पास धरे हैं! फिर मेले से दूर निकल आए हैं, नौ कब के बज गए, धूप तेज़ हो रही है। घर पहुंचने की जल्दी हो रही है। बाप से ज़िद भी करें, तो चिमटा नहीं मिल सकता है। हामिद है बड़ा चालाक। इसीलिए बदमाश ने अपने पैसे बचा रखे थे।

अब बालकों के दो दल हो गए हैं। मोहसिन, महमूद, सम्मी और नूरे एक तरफ़ हैं, हामिद अकेला दूसरी तरफ़। शास्त्रार्थ हो रहा है। सम्मी तो विधर्मी हो गया, दूसरे पक्ष में जा मिला। लेकिन मोहसिन, महमूद और नूरे हामिद से एक-एक, दो-दो साल बड़े होने पर भी हामिद के आघातों से आतंकित हो उठे हैं। उसके पास न्याय का बल है और नीति की शक्ति। एक ओर मिट्टी है, दूसरी ओर लोहा, जो इस वक़्त अपने को फ़ौलाद कह रहा है; वह अजेय है, घातक है। अगर कोई शेर आ जाए, तो मियां भिश्ती के छक्के छूट जाएं, मियां सिपाही मिट्टी की बन्दूक़ छोड़कर भागे, वकील साहब की नानी मर जाए, चोगे में मुंह छिपाकर ज़मीन पर लेट जाएं। मगर यह चिमटा, यह बहादुर, यह रुस्तमे-हिन्द लपककर शेर की गर्दन पर सवार हो जाएगा और उसकी आंखें निकाल लेगा।

मोहसिन ने एड़ी-चोटी का ज़ोर लगाकर कहा – अच्छा, पानी तो नहीं भर सकता।

हामिद ने चिमटे को सीधा खड़ा करके कहा – भिश्ती को एक डांट बताएगा, तो दौड़ा हुआ पानी लाकर उसके द्वार पर छिड़कने लगेगा।

मोहसिन परास्त हो गया; पर महमूद ने कुमक पहुंचाई – अगर बच्चा पकड़ा जाए, तो अदालत में बंधे-बंधे फिरेंगे। तब तो वकील

साहब के ही पैरों पड़ेंगे।

हामिद इस प्रबल तर्क का जवाब न दे सका। उसने पूछा – हमें पकड़ने कौन आएगा?

नूरे ने अकड़कर कहा – यह सिपाही बन्दूक़ वाला।

हामिद ने मुंह चिढ़ाकर कहा – यह बेचारे हम बहादुर रुस्तमे-हिन्द को पकड़ेंगे? अच्छा लाओ, अभी ज़रा कुश्ती हो जाए। इसकी सूरत देखकर दूर से भागेंगे। पकड़ेंगे क्या बेचारे!

मोहसिन को एक नई चोट सूझ गई – तुम्हारे चिमटे का मुंह रोज़ आग में जलेगा।

उसने समझा था कि हामिद लाजवाब हो जाएगा, लेकिन यह बात न हुई। हामिद ने तुरन्त जवाब दिया – आग में बहादुर ही कूदते हैं जनाब, तुम्हारे यह वकील, सिपाही और भिश्ती लौंडियों की तरह घर में घुस जाएंगे। आग में कूदना वह काम है, जो रुस्तमे-हिन्द ही कर सकता है।

महमूद ने एक ज़ोर लगाया – वकील साहब कुर्सी-मेज़ पर बैठेंगे, तुम्हारा चिमटा तो बावर्चीख़ाने में ज़मीन पर पड़ा रहेगा।

इस तर्क ने सम्मी और नूरे को भी सजीव कर दिया। कितने ठिकाने की बात कही है पट्ठे ने। चिमटा बावर्चीख़ाने में पड़े रहने के सिवा और क्या कर सकता है?

हामिद को कोई फड़कता हुआ जवाब न सूझा, तो उसने धांधली शुरू की – मेरा चिमटा बावर्चीख़ाने में नहीं रहेगा। वकील साहब कुर्सी पर बैठेंगे, तो जाकर उन्हें ज़मीन पर पटक देगा और उनका क़ानून उनके पेट में डाल देगा।"

बात कुछ बनी नहीं। ख़ासी गाली-गलौच थी; क़ानून को पेट में डालने वाली बात छा गई। ऐसी छा गई थी कि तीनों सूरमा मुंह ताकते रह गए, मानो कोई धेलचा कनकौआ किसी गंडे वाले कनकौए को काट गया हो। क़ानून मुंह से बाहर निकलने वाली चीज़ है। उसको पेट के अन्दर डाल दिया जाए, बेतुकी-सी बात होने पर भी कुछ नयापन रखती है। हामिद ने मैदान मार लिया। उसका चिमटा रुस्तमे-हिन्द है। अब इसमें मोहसिन, महमूद, नूरे, सम्मी किसी को भी आपत्ति नहीं हो सकती।

विजेता को हारने वालों से जो सत्कार मिलना स्वाभाविक है, वह हामिद को भी मिला। औरों ने तीन-तीन, चार-चार आने पैसे ख़र्च किए; पर कोई काम की चीज़ न ले सके। हामिद ने तीन पैसे में रंग जमा लिया। सच ही तो है, खिलौनों का क्या भरोसा? टूट-फूट जाएंगे। हामिद का चिमटा बना रहेगा बरसों!

सन्धि की शर्त तय होने लगी। मोहसिन ने कहा – ज़रा अपना चिमटा दो, हम भी देखें, तुम हमारा भिश्ती लेकर देखो।

महमूद और नूरे ने भी अपने-अपने खिलौने पेश किए।

हामिद को इन शर्तों के मानने में कोई आपत्ति न थी। चिमटा बारी-बारी से सबके हाथ में गया, और उनके खिलौने बारी-बारी से हामिद के हाथ में आए। कितने ख़ूबसूरत खिलौने हैं।

हामिद ने हारने वालों के आंसू पोंछे – मैं तुम्हें चिढ़ा रहा था, सच। यह लोहे का चिमटा भला इन खिलौनों की क्या बराबरी करेगा; मालूम होता है, अब बोले, अब बोले।

लेकिन मोहसिन की पार्टी को इस दिलासे से सन्तोष नहीं होता। चिमटे का सिक्का ख़ूब बैठ गया है। चिपका हुआ टिकट अब पानी से

नहीं छूट रहा है।

मोहसिन – लेकिन इन खिलौनों के लिए कोई हमें दुआ तो न देगा।

महमूद – दुआ को लिए फिरते हो। उलटे मार न पड़े। अम्मां ज़रूर कहेंगी कि मेले में यही मिट्टी के खिलौने तुम्हें मिले?

हामिद को स्वीकार करना पड़ा कि खिलौनों को देखकर किसी की मां इतनी खुश न होंगी, जितनी दादी चिमटे को देखकर होंगी। तीन पैसों ही में तो सब-कुछ करना था, और उन पैसों के इस उपयोग पर पछतावे की बिल्कुल ज़रूरत न थी। फिर अब तो चिमटा रुस्तमे-हिन्द है और सभी खिलौनों का बादशाह।

रास्ते में महमूद को भूख लगी। उसके बाप ने केले खाने को दिए। महमूद ने केवल हामिद को साझी बनाया। उसके अन्य मित्र मुंह ताकते रह गए। यह उस चिमटे का प्रसाद था।

ग्यारह बजे सारे गांव में हलचल मच गई। मेले वाले आ गए। मोहसिन की छोटी बहन ने दौड़कर भिश्ती उसके हाथ से छीन लिया और मारे ख़ुशी के जो उछली, तो मियां भिश्ती नीचे आ रहे और सुरलोक सिधारे। इस पर भाई-बहन में मार-पीट हुई। दोनों ख़ूब रोए। उनकी अम्मां यह शोर सुनकर बिगड़ीं और दोनों को ऊपर से दो-दो चांटे और जमाए।

मियां नूरे के वकील का अन्त उसकी प्रतिष्ठानुकूल इससे ज़्यादा गौरवमय हुआ। वकील ज़मीन पर या ताक पर तो नहीं बैठ सकता।

उसकी मर्यादा का विचार तो करना ही होगा। दीवार में दो खूटियां गाड़ी गईं। उन पर लकड़ी का एक पटरा रखा गया। पटरे पर काग़ज़ का कालीन बिछाया गया। वकील साहब राजा भोज की भांति सिंहासन पर विराजे। नूरे ने उन्हें पंखा झलना शुरू किया। अदालतों में खस की टट्टियां और बिजली के पंखे रहते हैं। क्या यहां मामूली पंखा भी न हो। क़ानून की गर्मी दिमाग़ पर चढ़ जाएगी कि नहीं। बांस का पंखा आया और नूरे हवा करने लगा। मालूम नहीं, पंखे की हवा से या पंखे की चोट से वकील साहब स्वर्गलोक से मृत्युलोक में आ रहे और उनका माटी का चोला माटी में मिल गया। बड़े ज़ोर-ज़ोर से मातम हुआ और वकील साहब की अस्थि घूरे पर डाल दी गई।

अब रहा महमूद का सिपाही। उसे चटपट गांव का पहरा देने का चार्ज मिल गया। लेकिन पुलिस का सिपाही कोई साधारण व्यक्ति तो था नहीं; जो अपने पैरों चले। वह पालकी पर चलेगा। एक टोकरी आई, उसमें कुछ लाल रंग के फटे-पुराने चिथड़े बिछाए गए, जिसमें सिपाही साहब आराम से लेटे। नूरे ने यह टोकरी उठाई और अपने द्वार का चक्कर लगाने लगे। उनके दोनों छोटे भाई सिपाही की तरफ़ से 'छोने वाले, जागते लहो' पुकारते चलते हैं। मगर रात तो अंधेरी ही होनी चाहिए। महमूद को ठोकर लग जाती है। टोकरी उसके हाथ से छूटकर गिर पड़ती है और मियां सिपाही अपनी बन्दूक़ लिए ज़मीन पर आ जाते हैं और उनकी एक टांग में विकार आ जाता है। महमूद को आज ज्ञात हुआ कि वह अच्छा डॉक्टर है। उसको ऐसा मरहम मिल गया है, जिससे वह टूटी टांग को आनन-फानन जोड़ सकते हैं। केवल गूलर का दूध चाहिए। गूलर का दूध आता है। जोड़ दी जाती है; लेकिन सिपाही को

ज्यों ही खड़ा किया जाता है, टांग जवाब दे जाती है। शल्यक्रिया असफल हुई, तब उसकी दूसरी टांग भी तोड़ दी जाती है। अब कम-से-कम एक जगह आराम से बैठ तो सकता है। एक टांग से तो न चल सकता था, न बैठ सकता था। अब वह सिपाही संन्यासी हो गया है। अपनी जगह पर बैठा-बैठा पहरा देता है। कभी-कभी देवता भी बन जाता है। उसके सिर का झालरदार साफ़ा खुरच दिया गया है। अब उसका जितना रूपान्तर चाहो, कर सकते हो। कभी-कभी तो उससे बाट का काम भी लिया जाता है।

अब मियां हामिद का हाल सुनिए। अमीना उसकी आवाज़ सुनते ही दौड़ी और उसे गोद में उठाकर प्यार करने लगी। सहसा उसके हाथ में चिमटा देखकर वह चौंकी।

'यह चिमटा कहां था?'

'मैंने मोल लिया है।'

'कै पैसे में?'

'तीन पैसे दिए।'

अमीना ने छाती पीट ली। यह कैसा बेसमझ लड़का है कि दोपहर हुई, कुछ खाया न पिया। लाया क्या, यह चिमटा! सारे मेले में तुझे और कोई चीज़ न मिली, जो यह लोहे का चिमटा उठा लाया?

हामिद ने अपराधी भाव से कहा – तुम्हारी उंगलियां तवे से जल जाती थी, इसलिए मैंने इसे ले लिया।

बुढ़िया का क्रोध तुरन्त स्नेह में बदल गया, और स्नेह भी वह नहीं, जो प्रगल्भ होता है और अपनी सारी कसक शब्दों में बिखेर देता है। यह मूक स्नेह था, ख़ूब ठोस, रस और स्वाद से भरा हुआ। बच्चे में कितना त्याग, कितना सद्भाव और कितना विवेक है! दूसरों को खिलौने लेते और मिठाई खाते देखकर उसका मन कितना ललचाया होगा! इतना ज़ब्त इससे हुआ कैसे? वहां भी उसे अपनी बुढ़िया दादी की याद बनी रही! अमीना का मन गद्गद हो गया।

और अब एक बड़ी विचित्र बात हुई। हामिद के इस चिमटे से भी विचित्र। बच्चे हामिद ने बूढ़े हामिद का पार्ट खेला था। बुढ़िया अमीना बालिका अमीना बन गई। वह रोने लगी। दामन फैलाकर हामिद को दुआएं देती जाती थी और आंसू की बड़ी-बड़ी बूंदें गिराती जाती थी। हामिद इसका रहस्य क्या समझता!

दो बैलों की कथा

जानवरों में गधा सबसे ज़्यादा बुद्धिहीन समझा जाता है। हम जब किसी आदमी को परले दर्जे का बेवकूफ़ कहना चाहते हैं, तो उसे गधा कहते हैं। गधा सचमुच बेवक़ूफ़ है या उसके सीधेपन, उसकी निरापद सहिष्णुता ने उसे यह पदवी दे दी है, इसका निश्चय नहीं किया जा सकता। गायें सींग मारती हैं, ब्याई हुई गाय तो अनायास ही सिंहनी का रूप धारण कर लेती है। कुत्ता भी बहुत ग़रीब जानवर है, लेकिन कभी-कभी उसे भी क्रोध आ ही जाता है; किन्तु गधे को कभी क्रोध करते नहीं सुना, न देखा। जितना चाहो उस ग़रीब को मारो, चाहे जैसी ख़राब, सड़ी हुई घास सामने डाल दो, उसके चेहरे पर कभी असन्तोष की छाया भी न दिखाई देगी। वैशाख में चाहे एकाध बार कुलेल कर लेता हो, पर हमने तो उसे कभी ख़ुश होते नहीं देखा। उसके चेहरे पर एक स्थायी विषाद स्थायी रूप से छाया रहता है। सुख-दुख, हानि-लाभ, किसी भी दशा में उसे बदलते नहीं देखा। ऋषियों-मुनियों के जितने गुण हैं, वे सभी उसमें पराकाष्ठा को पहुंच

गए हैं। पर आदमी उसे बेवकूफ़ कहता है। सद्गुणों का इतना अनादर कहीं नहीं देखा। कदाचित सीधापन संसार के लिए उपयुक्त नहीं है। देखिए न, भारतवासियों की अफ्रीका में क्यों दुर्दशा हो रही है? क्यों अमरीका में उन्हें घुसने नहीं दिया जाता? बेचारे शराब नहीं पीते, चार पैसे कुसमय के लिए बचाकर रखते हैं, जी तोड़कर काम करते हैं, किसी से लड़ाई-झगड़ा नहीं करते, चार बातें सुनकर ग़म खा जाते हैं, फिर भी बदनाम हैं। कहा जाता है, वे जीवन के आदर्श को नीचा करते हैं। अगर वे भी ईंट का जवाब पत्थर से देना सीख जाते, तो शायद सभ्य कहलाने लगते। जापान की मिसाल सामने है। एक ही विजय ने उसे संसार की सभ्य जातियों में गण्य बना दिया।

लेकिन गधे का एक छोटा भाई और भी है, जो उससे कुछ कम ही गधा है, और वह है 'बैल' । जिस अर्थ में हम गधा का प्रयोग करते हैं, कुछ उसी से मिलते-जुलते अर्थ में 'बछिया के ताऊ' का भी प्रयोग करते हैं। कुछ लोग बैल को शायद बेवकूफ़ों में सर्वश्रेष्ठ कहेंगे; मगर हमारा विचार ऐसा नहीं है। बैल कभी-कभी मारता भी है, कभी-कभी अड़ियल बैल भी देखने में आता है। और भी कई रीतियों से वह अपना असन्तोष प्रकट कर देता है; अतएव उसका स्थान गधे से नीचा है।

झूरी काछी के दोनों बैलों के नाम थे – हीरा और मोती। दोनों पछाईं जाति के थे। देखने में सुन्दर, काम में चौकस, डील में ऊंचे। बहुत दिनों साथ रहते-रहते दोनों में भाईचारा हो गया था। दोनों आमने-सामने या आसपास बैठे हुए एक-दूसरे से मूक-भाषा में विचार-विनिमय करते थे। एक-दूसरे के मन की बात कैसे समझ जाते थे, हम नहीं कह सकते। अवश्य ही उनमें कोई ऐसी गुप्त शक्ति थी, जिससे जीवों में श्रेष्ठता का दावा करने वाला मनुष्य वंचित है। दोनों

एक-दूसरे को चाटकर और सूंघकर अपना प्रेम प्रकट करते। कभी-कभी दोनों सींग भी मिला लिया करते थे; विग्रह के नाते से नहीं, केवल विनोद के भाव से, आत्मीयता के भाव से – जैसे दोस्तों में घनिष्ठता होते ही धौल-धप्पा होने लगता है। इसके बिना दोस्ती कुछ फुसफुसी, कुछ हल्की-सी रहती है, जिस पर ज़्यादा विश्वास नहीं किया जा सकता। जिस वक़्त ये दोनों बैल हल या गाड़ी में जोत दिए जाते और गर्दन हिला-हिलाकर चलते, उस वक़्त हर एक की यही चेष्टा होती थी कि ज़्यादा-से-ज़्यादा बोझ मेरी ही गर्दन पर रहे। दिन-भर के बाद दोपहर या सन्ध्या को दोनों खुलते, तो एक-दूसरे को चाट-चूटकर अपनी थकान मिटा लिया करते। नांद में खली-भूसा पड़ जाने के बाद दोनों साथ उठते, साथ नांद में मुंह डालते और साथ ही बैठते थे। एक मुंह हटा लेता, तो दूसरा भी हटा लेता था।

संयोग की बात, झूरी ने एक बार गोईं को ससुराल भेज दिया। बैलों को क्या मालूम, वे क्यों भेजे जा रहे हैं। समझे, मालिक ने हमें बेच दिया। अपना यों बेचा जाना उन्हें अच्छा लगा या बुरा, कौन जाने; पर झूरी के साले गया को घर तक गोईं ले जाने में दांतों पसीना आ गया। पीछे से हांकता तो दोनों दाएं-बाएं भागते; पगहिया पकड़कर आगे से खींचता, तो दोनों पीछे को ज़ोर लगाते। मारता तो दोनों सींग नीचे करके हुंकारते। अगर ईश्वर ने उन्हें वाणी दी होती, तो झूरी से पूछते – तुम हम ग़रीबों को क्यों निकाल रहे हो? हमने तो तुम्हारी सेवा करने में कोई कसर नहीं उठा रखी। अगर इतनी मेहनत से काम न चलता था, तो और काम ले लेते। हमें तो तुम्हारी चाकरी में मर जाना क़बूल था। हमने कभी दाने-चारे की शिकायत नहीं की। तुमने जो कुछ खिलाया, वह सिर झुकाकर खा लिया, फिर तुमने हमें इस जालिम के हाथ क्यों बेच दिया?

सन्ध्या समय दोनों बैल अपने नए स्थान पर पहुंचे। दिन-भर के भूखे थे, लेकिन जब नांद में लगाए गए, तो एक ने भी उसमें मुंह न डाला। दिल भारी हो रहा था। जिसे उन्होंने अपना घर समझ रखा था, वह आज उनसे छूट गया था। यह नया घर, नया गांव, नए आदमी, उन्हें बेगानों-से लगते थे।

दोनों ने अपनी मूक-भाषा में सलाह की, एक-दूसरे को कनखियों से देखा और लेट गए। जब गांव में सोता पड़ गया, तो दोनों ने ज़ोर मारकर पगहे तुड़ा डाले और घर की तरफ़ चले। पगहे बहुत मज़बूत थे। अनुमान न हो सकता था कि कोई बैल उन्हें तोड़ सकेगा। पर इन दोनों में इस समय दूनी शक्ति आ गई थी। एक-एक झटके में रस्सियां टूट गईं।

झूरी प्रातःकाल सोकर उठा, तो देखा कि दोनों बैल चरनी पर खड़े हैं। दोनों की गर्दनों में आधा-आधा गरांव लटक रहा है। घुटने तक पांव कीचड़ से भरे हैं और दोनों की आंखों में विद्रोहमय स्नेह झलक रहा है।

झूरी बैलों को देखकर स्नेह से गद्गद हो गया। दौड़कर उन्हें गले लगा लिया। प्रेमालिंगन और चुम्बन का वह दृश्य बड़ा ही मनोहर था।

घर और गांव के लड़के जमा हो गए और तालियां बजा-बजाकर उनका स्वागत करने लगे। गांव के इतिहास में यह घटना अभूतपूर्व न होने पर भी महत्त्वपूर्ण थी। बाल-सभा ने निश्चय किया, दोनों पशु-वीरों को अभिनन्दन-पत्र देना चाहिए। कोई अपने घर से रोटियां लाया, कोई गुड़, कोई चोकर, कोई भूसी।

एक बालक ने कहा – ऐसे बैल किसी के पास न होंगे।

दूसरे ने समर्थन किया – इतनी दूर से दोनों अकेले चले आए।

तीसरा बोला – बैल नहीं हैं वे, उस जनम के आदमी हैं।

इसका प्रतिवाद करने का किसी को साहस न हुआ।

झूरी की स्त्री ने बैलों को द्वार पर देखा, तो जल उठी। बोली – कैसे नमकहराम बैल हैं कि एक दिन वहां काम न किया, भाग खड़े हुए।

झूरी अपने बैलों पर यह आक्षेप न सुन सका – नमकहराम क्यों हैं? चारा-दाना न दिया होगा, तो क्या करते?

स्त्री ने रोब के साथ कहा – बस, तुम्हीं तो बैलों को खिलाना जानते हो और तो सभी पानी पिला-पिलाकर रखते हैं!

झूरी ने चिढ़ाया – चारा मिलता तो क्यों भागते?

स्त्री चिढ़ी – भागे इसलिए कि वे लोग तुम-जैसे बुद्धुओं की तरह बैलों को सहलाते नहीं। खिलाते हैं, तो रगड़कर जोतते भी हैं। ये दोनों ठहरे कामचोर, भाग निकले। अब देखूं, कहां से खली और चोकर मिलता है! सूखे भूसे के सिवा कुछ न दूंगी, खाएं चाहे मरें।

वही हुआ। मजूर को बड़ी ताकीद कर दी गई कि बैलों को ख़ाली सूखा भूसा दिया जाए।

बैलों ने नांद में मुंह डाला, तो फीका-फीका। न कोई चिकनाहट, न कोई रस। क्या खाएं। आशा-भरी आंखों से द्वार की ओर ताकने लगे।

झूरी ने मजूर से कहा – थोड़ी-सी खली क्यों नहीं डाल देता बे?

'मालकिन मुझे मार ही डालेगी।'

'चुराकर डाल आ।

'ना दादा, पीछे से तुम भी उन्हीं की-सी कहोगे।'

दूसरे दिन झूरी का साला फिर आया और बैलों को ले चला। अबकी उसने दोनों को गाड़ी में जोता।

दो-चार बार मोती ने गाड़ी को सड़क की खाई में गिराना चाहा, पर हीरा ने संभाल लिया। वह ज्यादा सहनशील था।

सन्ध्या-समय घर पहुंचकर उसने दोनों को मोटी रस्सियों से बांधा

और कल की शरारत का मज़ा चखाया। फिर वही सूखा भूसा डाल दिया। अपने दोनों बैलों को खली, चूनी सब-कुछ दी।

दोनों बैलों का ऐसा अपमान कभी न हुआ था। झूरी इन्हें फूल की छड़ी से भी न छूता था। उसकी टिटकार पर दोनों उड़ने लगते थे। यहां मार पड़ी। आहत-सम्मान की व्यथा तो थी ही, उस पर मिला सूखा भूसा।

नांद की तरफ़ आंखें तक न उठाईं।

दूसरे दिन गया ने बैलों को हल में जोता; पर इन दोनों ने जैसे पांव न उठाने की क़सम खा ली थी। वह मारते-मारते थक गया, पर दोनों ने पांव न उठाया। एक बार जब उस निर्दयी ने हीरा की नाक पर ख़ूब डंडे जमाए, तो मोती का ग़ुस्सा क़ाबू के बाहर हो गया। हल लेकर भागा। हल, रस्सी, जुआ, जोत – सब टूट-टाटकर बराबर हो गया। गले में बड़ी-बड़ी रस्सियां न होतीं, तो दोनों पकड़ाई में न आते।

हीरा ने मूक-भाषा में कहा – भागना व्यर्थ है।

मोती ने उत्तर दिया – तुम्हारी तो इसने जान ही ले ली थी।

'अबकी बड़ी मार पड़ेगी।'

'पड़ने दो, बैल का जन्म लिया है, तो मार से कहां तक बचेंगे?'

'गया दो आदमियों के साथ दौड़ा आ रहा है। दोनों के हाथों में लाठियां हैं।'

मोती बोला – कहो तो दिखा दूं कुछ मज़ा मैं भी। लाठी लेकर आ रहा है।

हीरा ने समझाया – नहीं भाई! खड़े हो जाओ।

'मुझे मारेगा, तो मैं भी एक-दो को गिरा दूंगा!'

'नहीं, हमारी जाति का यह धर्म नहीं है।'

मोती दिल में ऐंठकर रह गया। गया आ पहुंचा और दोनों को पकड़कर ले चला। कुशल हुई कि उसने इस वक़्त मार-पीट न की, नहीं तो मोती भी पलट पड़ता। उसके तेवर देखकर गया और उसके सहायक समझ गए कि इस वक़्त टाल जाना ही मसलहत है।

आज दोनों के सामने फिर वही सूखा भूसा लाया गया। दोनों चुपचाप खड़े रहे। घर के लोग भोजन करने लगे। उस वक़्त एक छोटी-सी लड़की दो रोटियां लिये निकली, और दोनों के मुंह में देकर चली गई। उस एक रोटी से इनकी भूख तो क्या शान्त होती, पर दोनों के हृदय को मानो भोजन मिल गया। यहां भी किसी सज्जन का वास है। लड़की भैरो की थी। उनकी मां मर चुकी थी। सौतेली मां उसे मारती रहती थी; इसलिए इन बैलों से उसे एक प्रकार की आत्मीयता हो गई थी।

दोनों दिन-भर जोते जाते, डंडे खाते, अड़ते। शाम को थान पर बांध दिए जाते और रात को वही बालिका उन्हें दो रोटियां खिला जाती। प्रेम के इस प्रसाद की यह बरकत थी कि दो-दो गाल सूखा भूसा खाकर भी दोनों दुर्बल न होते थे, मगर दोनों की आंखों में, रोम-रोम में विद्रोह भरा हुआ था।

एक दिन मोती ने मूक भाषा में कहा – अब तो नहीं सहा जाता, हीरा!

'क्या करना चाहते हो?'

'एकाध को सींगों पर उठाकर फेंक दूंगा।'

'लेकिन जानते हो, वह प्यारी लड़की, जो हमें रोटियां खिलाती है, उसी की लड़की है, जो इस घर का मालिक है। यह बेचारी अनाथ न हो जाएगी?'

'तो मालकिन को न फेंक दूं। वही तो उस लड़की को मारती है।'

'लेकिन औरत जात पर सींग चलाना मना है, यह भूले जाते हो।'

'तुम तो किसी तरह निकलने ही नहीं देते। बताओ, आज रस्सी तुड़ाकर भाग चलें?'

'हां, यह मैं स्वीकार करता, लेकिन इतनी मोटी रस्सी टूटेगी कैसे?'

'इसका एक उपाय है। पहले रस्सी को थोड़ा-सा चबा लो। फिर एक झटके में टूट जाती है।'

रात को जब बालिका रोटियां खिलाकर चली गई, दोनों रस्सियां चबाने लगे; पर मोटी रस्सी मुंह में न आती थी। बेचारे बार-बार ज़ोर लगाकर रह जाते थे।

सहसा घर का द्वार खुला और वही लड़की निकली। दोनों सिर झुकाकर उसका हाथ चाटने लगे। दोनों की पूंछें खड़ी हो गईं। उसने उनके माथे सहलाए और बोली – खोले देती हूं। चुपके से भाग जाओ, नहीं तो यहां लोग मार डालेंगे। आज घर में सलाह हो रही है कि इनकी नाकों में नाथ डाल दी जाएं।

उसने गरांव खोल दिया, पर दोनों चुपचाप खड़े रहे।

मोती ने अपनी भाषा में पूछा – अब चलते क्यों नहीं।

हीरा ने कहा – चलें तो, लेकिन कल इस अनाथ पर आफत आएगी। सब इसी पर सन्देह करेंगे। सहसा बालिका चिल्लाई – दोनों फूफा वाले बैल भागे जा रहे हैं। ओ दादा! दादा! दोनों बैल भागे जा रहे हैं, जल्दी दौड़ो।

गया हड़बड़ाकर भीतर से निकला और बैलों को पकड़ने चला। वे दोनों भागे। गया ने पीछा किया। ये और भी तेज़ हुए। गया ने शोर मचाया। फिर गांव के कुछ आदमियों को भी साथ लेने के लिए लौटा। दोनों मित्रों को भागने का मौक़ा मिल गया। सीधे दौड़ते चले गए। यहां तक कि मार्ग का ज्ञान न रहा। जिस परिचित मार्ग से आए थे, उसका यहां पता न था। नए-नए गांव मिलने लगे। तब दोनों एक खेत के किनारे खड़े होकर सोचने लगे, अब क्या करना चाहिए।

हीरा ने कहा – मालूम होता है, राह भूल गए।

'तुम भी बेतहाशा भागे। वहीं उसे मार गिराना था।'

'उसे मार गिराते, तो दुनिया क्या कहती? वह अपना धर्म छोड़ दे, लेकिन हम अपना धर्म क्यों छोड़ें?'

दोनों भूख से व्याकुल हो रहे थे। खेत में मटर खड़ी थी। चरने लगे। रह-रहकर आहट ले लेते थे, कोई आता तो नहीं है।

जब पेट भर गया, दोनों ने आज़ादी का अनुभव किया, तो मस्त होकर उछलने-कूदने लगे। पहले दोनों ने डकार ली। फिर सींग मिलाए और एक-दूसरे को ठेलने लगे। मोती ने हीरा को कई क़दम पीछे हटा दिया, यहां तक कि वह खाईं में गिर गया। तब उसे भी क्रोध आया। संभलकर उठा और फिर मोती से भिड़ गया। मोती ने देखा – खेल में झगड़ा हुआ चाहता है, तो किनारे हट गया।

अरे! यह क्या? कोई सांड़ डौंकता चला आ रहा है। हां, सांड़ ही है। वह सामने आ पहुंचा। दोनों मित्र बग़लें झांक रहे हैं। सांड़ पूरा हाथी है। उससे भिड़ना जान से हाथ धोना है; लेकिन न भिड़ने पर भी जान बचती नहीं नज़र आती। इन्हीं की तरफ़ आ भी रहा है। कितनी भयंकर सूरत है!

मोती ने मूक-भाषा में कहा – बुरे फंसे। जान बचेगी? कोई उपाय सोचो।

हीरा ने चिन्तित स्वर में कहा – अपने घमंड में भूला हुआ है। आरज़ू-विनती न सुनेगा।

'भाग क्यों न चलें?'

'भागना कायरता है।'

'तो फिर यहीं मरो। बन्दा तो नौ-दो-ग्यारह होता है।'

'और जो दौड़ाए?'

'तो फिर कोई उपाय सोचो जल्द!'

'उपाय यही है कि उस पर दोनों जने एक साथ चोट करें? मैं आगे से रगेदता हूं, तुम पीछे से रगेदो, दोहरी मार पड़ेगी, तो भाग खड़ा होगा। ज्यों ही मेरी ओर झपटे, तुम बग़ल से उसके पेट में सींग घुसेड़ देना। जान जोखिम है, पर दूसरा उपाय नहीं है।'

दोनों मित्र जान हथेलियों पर लेकर लपके। सांड़ को भी संगठित शत्रुओं से लड़ने का तज़ुरबा न था। वह तो एक शत्रु से मल्लयुद्ध करने का आदी था। ज्यों ही हीरा पर झपटा, मोती ने पीछे से दौड़ाया। सांड़ उसकी तरफ़ मुड़ा, तो हीरा ने रगेदा। सांड़ चाहता था कि एक-एक करके दोनों को गिरा ले; पर ये दोनों भी उस्ताद थे। उसे वह अवसर न देते थे। एक बार सांड़ झल्लाकर हीरा का अन्त कर देने के लिए चला कि मोती ने बग़ल से आकर पेट में सींग भोंक दिया। सांड़ क्रोध में आकर पीछे फिरा, तो हीरा ने दूसरे पहलू में सींग भोंक दिया। आख़िर बेचारा ज़ख़्मी होकर भागा और दोनों मित्रों ने दूर तक उसका पीछा किया। यहां तक कि सांड़ बेदम होकर गिर पड़ा। तब दोनों ने उसे छोड़ दिया।

दोनों मित्र विजय के नशे में झूमते चले जाते थे।

मोती ने अपनी सांकेतिक भाषा में कहा – मेरा जी तो चाहता था कि बचा को मार ही डालूं।

हीरा ने तिरस्कार किया – गिरे हुए बैरी पर सींग न चलाना चाहिए।

'यह सब ढोंग है। बैरी को ऐसा मारना चाहिए कि फिर न उठे।'

'अब घर कैसे पहुंचेंगे, यह सोचो।'

'पहले कुछ खा लें, तो सोचें।'

सामने मटर का खेत था ही। मोती उसमें घुस गया। हीरा मना करता रहा, पर उसने एक न सुनी। अभी दो ही चार ग्रास खाए थे कि दो आदमी लाठियां लिये दौड़ पड़े, और दोनों मित्रों को घेर लिया। हीरा तो मेड़ पर था, निकल गया। मोती सींचे हुए खेत में था। उसके खुर कीचड़ में धंसने लगे। भाग न सका। पकड़ लिया गया। हीरा ने देखा, संगी संकट में है, तो लौट पड़ा। फंसेंगे तो दोनों फंसेंगे। रखवालों ने उसे भी पकड़ लिया।

प्रातःकाल दोनों मित्र कांजीहौस में बन्द कर दिए गए।

दोनों मित्रों को जीवन में पहली बार ऐसा साबिका पड़ा कि सारा दिन बीत गया और खाने को एक तिनका भी न मिला। समझ ही में न आता था, यह कैसा स्वामी है। इससे तो गया फिर भी अच्छा था। वहां कई भैंसें थीं, कई बकरियां, कई घोड़े, कई गधे; पर किसी के सामने चारा न था, सब ज़मीन पर मुरदों की तरह पड़े थे। कई तो इतने कमज़ोर हो गए थे कि खड़े भी न हो सकते थे। सारा दिन दोनों मित्र फाटक की ओर टकटकी लगाए ताकते रहे; पर कोई चारा लेकर आता न दिखाई

दिया। तब दोनों ने दीवार की नमकीन मिट्टी चाटनी शुरू की; पर इससे क्या तृप्ति होती?

रात को भी जब कुछ भोजन न मिला, तो हीरा के दिल में विद्रोह की ज्वाला दहक उठी। मोती से बोला – अब तो नहीं रहा जाता मोती!

मोती ने सिर लटकाए हुए जवाब दिया – मुझे तो मालूम होता है, प्राण निकल रहे हैं।

'इतनी जल्द हिम्मत न हारो भाई! यहां से भागने का कोई उपाय निकालना चाहिए।'

'आओ दीवार तोड़ डालें।'

'मुझसे तो अब कुछ न होगा।'

'बस, इसी बूते पर अकड़ते थे!'

'सारी अकड़ निकल गई।'

बाड़े की दीवार कच्ची थी। हीरा मज़बूत तो था ही, अपने नुकीले सींग दीवार में गड़ा दिए और ज़ोर मारा, तो मिट्टी का एक चिप्पड़ निकल आया। फिर तो उसका साहस बढ़ा। इसने दौड़-दौड़कर दीवार पर चोटें कीं और हर चोट में थोड़ी-थोड़ी मिट्टी गिराने लगा।

उसी समय कांजीहौस का चौकीदार लालटेन लेकर जानवरों की हाज़िरी लेने आ निकला। हीरा का उजड्डपन देखकर उसने उसे कई डंडे रसीद किए और मोटी-सी रस्सी से बांध दिया।

मोती ने पड़े-पड़े कहा – आखिर मार खाई, क्या मिला?

‘अपने बूते-भर ज़ोर तो मार दिया।’

‘ऐसा ज़ोर मारना किस काम का कि और बन्धन में पड़ गए।’

‘ज़ोर तो मारता ही जाऊंगा, चाहे कितने ही बन्धन पड़ते जाएं।’

‘जान से हाथ धोना पड़ेगा।’

‘कुछ परवाह नहीं। यों भी तो मरना ही है। सोचो, दीवार ख़ुद जाती, तो कितनी जानें बच जातीं। इतने भाई यहां बन्द हैं। किसी के देह में जान नहीं है। दो-चार दिन और यही हाल रहा, तो सब मर जाएंगे।’

‘हां, यह बात तो है। अच्छा, तो ला, फिर मैं भी ज़ोर लगाता हूं।’

मोती ने भी दीवार में उसी जगह सींग मारा। थोड़ी-सी मिट्टी गिरी और हिम्मत बढ़ी। फिर तो वह दीवार में सींग लगाकर इस तरह ज़ोर करने लगा, मानो किसी प्रतिद्वन्द्वी से लड़ रहा है। आख़िर कोई दो घंटे की ज़ोर-आजमाई के बाद दीवार ऊपर से लगभग एक हाथ गिर गई। उसने दूनी शक्ति से दूसरा धक्का मारा, तो आधी दीवार गिर पड़ी।

दीवार का गिरना था कि अधमरे-से पड़े हुए सभी जानवर चेत उठे। तीनों घोड़ियां सरपट भाग निकलीं। फिर बकरियां निकलीं। इसके बाद भैंसें भी खिसक गईं; पर गधे अभी तक ज्यों-के-त्यों खड़े थे।

हीरा ने पूछा – तुम दोनों क्यों नहीं भाग जाते?

एक गधे ने कहा – जो कहीं फिर पकड़ लिये जाएं।

'तो क्या हर्ज़ है। अभी तो भागने का अवसर है।'

'हमें तो डर लगता है। हम यहीं पड़े रहेंगे।'

आधी रात से ऊपर जा चुकी थी। दोनों गधे अभी तक खड़े सोच रहे थे कि भागें या न भागें, और मोती अपने मित्र की रस्सी तोड़ने में लगा हुआ था। जब वह हार गया, तो हीरा ने कहा – तुम जाओ, मुझे यहीं पड़ा रहने दो। शायद कहीं भेंट हो जाए।

मोती ने आंखों में आंसू लाकर कहा – तुम मुझे इतना स्वार्थी समझते हो, हीरा! हम और तुम इतने दिनों एक साथ रहे हैं। आज तुम विपत्ति में पड़ गए, तो मैं तुम्हें छोड़कर अलग हो जाऊं!

हीरा ने कहा – बहुत मार पड़ेगी। लोग समझ जाएंगे, यह तुम्हारी शरारत है।

मोती गर्व से बोला – जिस अपराध के लिए तुम्हारे गले में बन्धन पड़ा, उसके लिए अगर मुझ पर मार पड़े, तो क्या चिन्ता! इतना तो हो ही गया कि नौ-दस प्राणियों की जान बच गई। वे सब तो आशीर्वाद देंगे।

यह कहते हुए मोती ने दोनों गधों को सींगों से मार-मारकर बाड़े से बाहर निकाला और तब अपने बन्धु के पास आकर सो रहा।

भोर होते ही मुंशी और चौकीदार तथा अन्य कर्मचारियों में कैसी खलबली मची, इसके लिखने की ज़रूरत नहीं। बस, इतना ही काफ़ी है कि मोती की ख़ूब मरम्मत हुई और उसे भी मोटी रस्सी से बांध दिया गया।

एक सप्ताह तक दोनों मित्र वहां बंधे पड़े रहे। किसी ने चारे का एक तृण भी न डाला। हां, एक बार पानी दिखा दिया जाता था। यही उनका आधार था। दोनों इतने दुर्बल हो गए थे कि उठा तक न जाता था। ठठरियां निकल आई थीं।

एक दिन बाड़े के सामने डुग्गी बजने लगी और दोपहर होते-होते वहां पचास-साठ आदमी जमा हो गए। तब दोनों मित्र निकाले गए और उनकी देखभाल होने लगी। लोग आ-आकर उनकी सूरत देखते और मन फीका करके चले जाते। ऐसे मृतक बैलों का कौन ख़रीदार होता!

सहसा एक दढ़ियल आदमी, जिसकी आंखें लाल थीं और मुद्रा अत्यन्त कठोर, आया और दोनों मित्रों के कूल्हों में उंगली गोदकर मुंशी जी से बातें करने लगा। उसका चेहरा देखकर अन्तर्ज्ञान से दोनों मित्रों के दिल कांप उठे। वह कौन है और उन्हें क्यों टटोल रहा है, इस विषय में उन्हें कोई सन्देह न हुआ। दोनों ने एक-दूसरे को भीत नेत्रों से देखा और सिर झुका लिया।

हीरा ने कहा – गया के घर से नाहक भागे। अब जान न बचेगी।

मोती ने अश्रद्धा के भाव से उत्तर दिया – कहते हैं, भगवान सबके ऊपर दया करते हैं। उन्हें हमारे ऊपर क्यों दया नहीं आती?

'भगवान के लिए हमारा मरना-जीना दोनों बराबर है। चलो, अच्छा ही है, कुछ दिन उसके पास तो रहेंगे। एक बार भगवान ने उस लड़की के रूप में हमें बचाया था। क्या अब न बचाएंगे?'

'यह आदमी छुरी चलाएगा। देख लेना।'

'तो क्या चिन्ता है? मांस, खाल, सींग, हड्डी सब किसी-न-किसी काम आ जाएंगे।'

नीलाम हो जाने के बाद दोनों मित्र उस दढ़ियल के साथ चले। दोनों की बोटी-बोटी कांप रही थी। बेचारे पांव तक न उठा सकते थे; पर भय के मारे गिरते-पड़ते भागे जाते थे, क्योंकि वह ज़रा भी चाल धीमी हो जाने पर ज़ोर से डंडा जमा देता था।

राह में गाय-बैलों का एक रेवड़ हरे-हरे हार में चरता नज़र आया। सभी जानवर प्रसन्न थे, चिकने, चपल। कोई उछलता था, कोई आनन्द से बैठा पागुर करता था। कितना सुखी जीवन था इनका, पर कितने स्वार्थी हैं सब। किसी को चिन्ता नहीं कि उनके दो भाई बधिक के हाथ पड़े कैसे दुखी हैं।

सहसा दोनों को ऐसा मालूम हुआ कि यह परिचित राह है। हां, इसी रास्ते से गया उन्हें ले गया था। वही खेत, वही बाग़, वही गांव मिलने लगे। प्रतिक्षण उनकी चाल तेज़ होने लगी। सारी थकान, सारी दुर्बलता गायब हो गई। आह! यह लो! अपना ही हार आ गया। इसी कुएं पर हम पुर चलाने आया करते थे; यही कुआं है।

मोती ने कहा – हमारा घर नगीच आ गया।

हीरा बोला – भगवान की दया है।

'मैं तो अब घर भागता हूं।'

'यह जाने देगा?'

'इसे मैं मार गिराता हूं।'

'नहीं-नहीं, दौड़कर थान पर चलो। वहां से हम आगे न जाएंगे।'

दोनों उन्मत्त होकर बछड़ों की भांति कुलेलें करते हुए घर की ओर दौड़े। वह हमारा थान है। दोनों दौड़कर अपने थान पर आए और खड़े हो गए। दढ़ियल भी पीछे-पीछे दौड़ा चला आता था।

झूरी द्वार पर बैठा धूप खा रहा था। बैलों को देखते ही दौड़ा और उन्हें बारी-बारी से गले लगाने लगा। मित्रों की आंखों से आनन्द के आंसू बहने लगे। एक झूरी का हाथ चाट रहा था।

दढ़ियल ने जाकर बैलों की रस्सियां पकड़ ली।

झूरी ने कहा – मेरे बैल हैं।

'तुम्हारे बैल कैसे? मैं मवेशीख़ाने से नीलाम लिये आता हूं।'

'मैं तो समझता हूं चुराए लिये आते हो! चुपके से चले जाओ। मेरे बैल हैं। मैं बेचूंगा, तो बिकेंगे। किसी को मेरे बैल नीलाम करने का क्या अख़्तियार है?'

'जाकर थाने में रपट कर दूंगा।'

'मेरे बैल हैं। इसका सबूत यह है कि मेरे द्वार पर खड़े हैं।'

दढ़ियल झल्लाकर बैलों को ज़बर्दस्ती पकड़ ले जाने के लिए बढ़ा। उसी वक़्त मोती ने सींग चलाया। दढ़ियल पीछे हटा। मोती ने पीछा किया। दढ़ियल भागा। मोती पीछे दौड़ा। गांव के बाहर निकल जाने पर वह रुका; पर खड़ा दढ़ियल का रास्ता देख रहा था। दढ़ियल दूर खड़ा धमकियां दे रहा था, गालियां निकाल रहा था, पत्थर फेंक रहा था और मोती विजयी शूर की भांति उसका रास्ता रोके खड़ा था। गांव के लोग यह तमाशा देखते थे और हंसते थे।

जब दढ़ियल हारकर चला गया, तो मोती अकड़ता हुआ लौटा।

हीरा ने कहा – मैं डर रहा था कि कहीं तुम गुस्से में आकर मार न बैठो।

'अगर वह मुझे पकड़ता, तो मैं बे-मारे न छोड़ता।'

'अब न आएगा।'

'आएगा तो दूर ही से ख़बर लूंगा। देखूं, कैसे ले जाता है।'

'जो गोली मरवा दे?'

'मर जाऊंगा; पर उसके काम तो न आऊंगा।'

'हमारी जान को कोई जान ही नहीं समझता।'

'इसीलिए कि हम इतने सीधे हैं।'

ज़रा देर में नांदों में खली, भूसा, चोकर और दाना भर दिया गया और दोनों मित्र खाने लगे। झूरी खड़ा दोनों को सहला रहा था और बीसों लड़के तमाशा देख रहे थे। सारे गांव में उछाह-सा मालूम होता था।

उसी समय मालकिन ने आकर दोनों के माथे चूम लिये।

रामलीला

इधर एक मुद्दत से रामलीला देखने नहीं गया। बन्दरों के भद्दे चेहरे लगाए, आधी टांगों का पाजामा और काले रंग का ऊंचा कुर्ता पहने आदमियों को दौड़ते, हू-हू करते देखकर अब हंसी आती है; मज़ा नहीं आता। काशी की लीला जगद्विख्यात है। सुना है, लोग दूर-दूर से देखने आते हैं। मैं भी बड़े शौक़ से गया, पर मुझे तो वहां की लीला और किसी वज्र देहात की लीला में कोई अन्तर न दिखाई दिया। हां, रामनगर की लीला में कुछ साज-सामान अच्छे हैं। राक्षसों और बन्दरों के चेहरे पीतल के हैं, गदाएं भी पीतल की हैं। कदाचित वनवासी भ्राताओं के मुकुट सच्चे काम के हों; लेकिन साज-सामान के सिवा वहां भी वही हू-हू के सिवा और कुछ नहीं। फिर भी लाखों आदमियों की भीड़ लगी रहती।

लेकिन एक ज़माना वह था, जब मुझे भी रामलीला में आनन्द आता था। आनन्द तो बहुत हल्का-सा शब्द है। वह आनन्द उन्माद से कम न था। संयोगवश उन दिनों मेरे घर से बहुत थोड़ी दूर पर रामलीला का मैदान

था; और जिस घर में लीला-पात्रों का रूप-रंग भरा जाता था, वह तो मेरे घर से बिल्कुल मिला हुआ था। दो बजे दिन से पात्रों की सजावट होने लगती थी। मैं दोपहर ही से वहां जा बैठता और जिस उत्साह से दौड़-दौड़कर छोटे-मोटे काम करता, उस उत्साह से आज अपनी पेंशन लेने भी नहीं जाता। एक कोठरी में राजकुमारों का श्रृंगार होता था। उनकी देह में रामरज पीसकर पोती जाती; मुंह पर पाउडर लगाया जाता और पाउडर के ऊपर लाल, हरे, नीले रंग की बुंदकियां लगाई जाती थीं। सारा माथा, भौंहें, गाल, ठोड़ी, बुंदकियों से रच उठती थीं। एक ही आदमी इस काम में कुशल था। वही बारी-बारी से तीनों पात्रों का श्रृंगार करता था। रंग की प्यालियों में पानी लाना, रामरज पीसना, पंखा झलना मेरा काम था। जब इन तैयारियों के बाद विमान निकलता, तो उस पर रामचन्द्र जी के पीछे बैठकर मुझे जो उल्लास, जो गर्व, जो रोमांच होता था, वह अब लाट साहब के दरबार में कुर्सी पर बैठकर भी नहीं होता। एक बार जब होम मेम्बर साहब ने व्यवस्थापक-सभा में मेरे एक प्रस्ताव का अनुमोदन किया था, उस वक़्त मुझे कुछ उसी तरह का उल्लास, गर्व और रोमांच हुआ था। हां, एक बार जब मेरा ज्येष्ठ पुत्र नायब तहसीलदारी में नामजद हुआ, तब भी ऐसी ही तरंगें मन में उठी थीं, पर इनमें और उस बाल-विह्वलता में बड़ा अन्तर है। तब ऐसा मालूम होता था कि मैं स्वर्ग में बैठा हूं।

निषाद-नौका-लीला का दिन था। मैं दो-चार लड़कों के बहकाने में आकर गुल्ली-डंडा खेलने लगा था। आज श्रृंगार देखने न गया। विमान भी निकला; पर मैंने खेलना न छोड़ा। मुझे अपना दांव लेना था। अपना दांव छोड़ने के लिए उससे कहीं बढ़कर आत्मत्याग की ज़रूरत थी, जितना मैं कर सकता था। अगर दांव देना होता तो मैं कब का भाग खड़ा होता, लेकिन पदाने में कुछ और ही बात होती

है। ख़ैर, दांव पूरा हुआ। अगर मैं चाहता, तो धांधली करके दस-पांच मिनट और पदा सकता था, इसकी काफ़ी गुंजाइश थी, लेकिन अब इसका मौक़ा न था। मैं सीधे नाले की तरफ़ दौड़ा। विमान जल-तट पर पहुंच चुका था। मैंने दूर से देखा — मल्लाह किश्ती लिये आ रहा है। दौड़ा, लेकिन आदमियों की भीड़ में दौड़ना कठिन था। आख़िर जब मैं भीड़ हटाता, प्राण-प्रण से आगे बढ़ता घाट पर पहुंचा, तो निषाद अपनी नौका खोल चुका था। रामचन्द्र पर मेरी कितनी श्रद्धा थी! अपने पाठ की चिन्ता न करके उन्हें पढ़ा दिया करता था, जिससे वह फेल न हो जाएं। मुझसे उम्र ज़्यादा होने पर भी वह नीची कक्षा में पढ़ते थे। लेकिन वही रामचन्द्र नौका पर बैठे इस तरह मुंह फेरे चले जाते थे, मानो मुझसे जान-पहचान ही नहीं। नक़ल में भी असल की कुछ-न-कुछ बू आ ही जाती है। भक्तों पर जिनकी निगाह सदा ही तीखी रही है, वह मुझे क्यों उबारते? मैं विकल होकर उस बछड़े की भांति कूदने लगा, जिसकी गर्दन पर पहली बार जुआ रखा गया हो। कभी लपककर नाले की ओर जाता, कभी किसी सहायक की खोज में पीछे की तरफ़ दौड़ता, पर सबके-सब अपनी धुन में मस्त थे; मेरी चीख़-पुकार किसी के कानों तक न पहुंची। तब से बड़ी-बड़ी विपत्तियां झेलीं, पर उस समय जितना दुख हुआ, उतना फिर कभी न हुआ।

मैंने निश्चय किया था कि अब रामचन्द्र से न कभी बोलूंगा, न कभी खाने की कोई चीज़ ही दूंगा। लेकिन ज्यों ही नाले को पार करके वह पुल की ओर लौटे, मैं दौड़कर विमान पर चढ़ गया, और ऐसा ख़ुश हुआ मानो कोई बात ही न हुई थी।

रामलीला समाप्त हो गई थी। राजगद्दी होने वाली थी, पर न जाने क्यों देर हो रही थी। शायद चन्दा कम वसूल हुआ था। रामचन्द्र की इन दिनों कोई बात भी न पूछता। न घर ही जाने की छुट्टी मिलती थी, न भोज का ही प्रबन्ध होता था। चौधरी साहब के यहां से एक सीधा कोई तीन बजे दिन को मिलता था। बाक़ी सारे दिन कोई पानी को नहीं पूछता। लेकिन मेरी श्रद्धा अभी तक ज्यों-की-त्यों थी। मेरी दृष्टि में अब भी रामचन्द्र ही थे। घर पर मुझे खाने की कोई चीज़ मिलती, वह लेकर रामचन्द्र को दे आता। उन्हें खिलाने में मुझे जितना आनन्द मिलता था, उतना आप खा जाने में कभी न मिलता। कोई मिठाई या फल पाते ही मैं बेतहाशा चौपाल की ओर दौड़ता। अगर रामचन्द्र वहां न मिलते, तो उन्हें चारों ओर तलाश करता और जब तक वह चीज़ उन्हें न खिला लेता, मुझे चैन न आता था।

ख़ैर, राजगद्दी का दिन आया। रामलीला के मैदान में एक बड़ा-सा शामियाना ताना गया। उसकी ख़ूब सजावट की गई। वेश्याओं के दल भी आ पहुंचे। शाम को रामचन्द्र की सवारी निकली और प्रत्येक द्वार पर उनकी आरती उतारी गई। श्रद्धानुसार किसी ने रुपये दिए, किसी ने पैसे। मेरे पिता पुलिस के आदमी थे, इसलिए उन्होंने बिना कुछ दिए ही आरती उतारी। उस वक़्त मुझे जितनी लज्जा आई, उसे बयान नहीं कर सकता। मेरे पास उस वक़्त संयोग से एक रुपया था। मेरे मामा जी दशहरे के पहले आए थे और मुझे एक रुपया दे गए थे। उस रुपये को मैंने रख छोड़ा था। दशहरे के दिन भी उसे ख़र्च न कर सका। मैंने तुरन्त वह रुपया लाकर आरती की थाली में डाल दिया। पिता जी मेरी ओर कुपित नेत्रों से देखकर रह गए। उन्होंने कुछ कहा तो नहीं; लेकिन मुंह ऐसा बना लिया, जिससे प्रकट होता था कि मेरी

इस धृष्टता से उनके रोब में बट्टा लग गया। रात के दस बजते-बजते यह परिक्रमा पूरी हुई। आरती की थाली रुपयों और पैसों से भरी हुई थी। ठीक तो नहीं कह सकता, मगर अब ऐसा अनुमान होता है कि चार-पांच सौ रुपयों से कम न थे। चौधरी साहब इनसे कुछ ज़्यादा ही ख़र्च कर चुके थे। उन्हें इसकी बड़ी फ़िक्र हुई कि किसी तरह कम-से-कम दो सौ रुपये और वसूल हो जाएं और इसकी सबसे अच्छी तरकीब उन्हें यही मालूम हुई कि वेश्याओं द्वारा महफ़िल में वसूली हो। जब लोग आकर बैठ जाएं, और महफ़िल का रंग जम जाए, तो आबादीजान रसिकजनों की कलाइयां पकड़-पकड़कर ऐसे हाव-भाव दिखाएं कि लोग शरमाते-शरमाते भी कुछ-न-कुछ दे ही मरें। आबादीजान और चौधरी साहब में सलाह होने लगी। मैं संयोग से उन दोनों प्राणियों की बातें सुन रहा था। चौधरी साहब ने समझा होगा, वह लौंडा क्या मतलब समझेगा। पर यहां ईश्वर की दया से अक्ल के पुतले थे। सारी दास्तान समझ में आती जाती थी।

चौधरी – सुनो आबादीजान, यह तुम्हारी ज़्यादती है। हमारा और तुम्हारा कोई पहला साबिका तो है नहीं। ईश्वर ने चाहा, तो यहां हमेशा तुम्हारा आना-जाना लगा रहेगा। अबकी चन्दा बहुत कम आया, नहीं तो मैं तुमसे इतना इसरार न करता।

आबादीजान - आप मुझसे भी ज़मींदारी चालें चलते हैं, क्यों? मगर यहां हुज़ूर की दाल न गलेगी। वाह! रुपये तो मैं वसूल करूं

और मूंछों पर ताव आप दें। कमाई का अच्छा ढंग निकाला है। इस कमाई से तो वाक़ई आप थोड़े दिनों में राजा हो जाएंगे। उसके सामने ज़मींदारी झक मारेगी! बस, कल ही से एक चकला खोल दीजिए। खुदा की क़सम, मालामाल हो जाइएगा।

चौधरी – तुम दिल्लगी करती हो, और यहां काफिया तंग हो रहा है।

आबादीजान – तो आप भी तो मुझी से उस्तादी करते हैं। यहां आप जैसे काइयों को रोज़ उंगलियों पर नचाती हूं।

चौधरी – आख़िर तुम्हारी मंशा क्या है?

आबादीजान – जो कुछ वसूल करूं, उसमें आधा मेरा, आधा आपका। लाइए, हाथ मारिए।

चौधरी – यही सही।

आबादीजान - अच्छा, तो पहले मेरे सौ रुपये गिन दीजिए। पीछे से आप अलसेट करने लगेंगे।

चौधरी – वाह! वह भी लोगी और यह भी।

आबादीजान – अच्छा! तो क्या आप समझते थे कि अपनी उजरत छोड़ दूंगी? वाह री आपकी समझ! खूब; क्यों न हो। दीवाना बकारे दरवेश हुशियार!

चौधरी – तो क्या तुमने दोहरी फ़ीस लेने की ठानी है?

आबादीजान – अगर आपको सौ दफ़े ग़रज़ हो, तो। वरना मेरे सौ रुपये तो कहीं गए ही नहीं। मुझे क्या कुत्ते ने काटा है, जो लोगों की जेब में हाथ डालती फिरूं?

चौधरी की एक न चली। आबादी के सामने दबना पड़ा। नाच शुरू हुआ। आबादीजान बला की शोख़ औरत थी। एक तो कमसिन, उस पर हसीन। और उसकी अदाएं तो इस ग़ज़ब की थीं कि मेरी तबीयत भी मस्त हुई जाती थी। आदमियों को पहचानने का गुण भी उसमें कुछ कम न था। जिसके सामने बैठ गई, उससे कुछ-न-कुछ ले

ही लिया। पांच रुपये से कम तो शायद ही किसी ने दिए हों। पिता जी के सामने भी वह बैठी। मैं मारे शर्म के गड़ गया। जब उसने उनकी कलाई पकड़ी, तब तो मैं सहम उठा। मुझे यक़ीन था कि पिता जी उसका हाथ झटक देंगे और शायद दुत्कार भी दें, किन्तु यह क्या हो रहा है। ईश्वर! मेरी आंखें धोखा तो नहीं खा रही हैं ! पिता जी मूंछों में हंस रहे हैं। ऐसी मृदु हंसी उनके चेहरे पर मैंने कभी नहीं देखी थी। उनकी आंखों से अनुराग टपका पड़ता था। उनका एक-एक रोम पुलकित हो रहा था; मगर ईश्वर ने मेरी लाज रख ली। वह देखो, उन्होंने धीरे से आबादी के कोमल हाथों से अपनी कलाई छुड़ा ली। अरे! यह फिर क्या हुआ? आबादी तो उनके गले में बांहें डाले देती है। अब पिता जी उसे ज़रूर पीटेंगे। चुड़ैल को ज़रा भी शर्म नहीं।

एक महाशय ने मुस्कुराकर कहा – यहां तुम्हारी दाल न गलेगी, आबादीजान! और दरवाज़ा देखो।

बात तो इन महाशय ने मेरे मन की कही और बहुत ही उचित कही, लेकिन न जाने क्यों पिता जी ने उसकी ओर कुपित नेत्रों से देखा, और मूंछों पर ताव दिया। मुंह से तो वह कुछ न बोले; पर उनके मुख की आकृति चिल्लाकर सरोष शब्दों से कह रही थी – तू , बनिया, मुझे समझता क्या है? यहां ऐसे अवसर पर जान तक निसार करने को तैयार है। रुपये की हक़ीक़त ही क्या! तेरा जी चाहे, आजमा ले। तुझसे दूनी रकम न दे डालूं, तो मुंह न दिखाऊं।

महान आश्चर्य! घोर अनर्थ! अरे, ज़मीन तू फट क्यों नहीं जाती? आकाश, तू फट क्यों नहीं पड़ता? अरे, मुझे मौत क्यों नहीं आ जाती? पिता जी जेब में हाथ डाल रहे हैं। उन्होंने कोई चीज़ निकाली और सेठ जी को दिखाकर आबादीजान को दे डाली। आह! यह तो अशर्फ़ी है।

चारों ओर तालियां बजने लगीं। सेठ जी उल्लू बन गए। पिता जी ने मुंह की खाई, इसका निश्चय मैं नहीं कर सकता। मैंने केवल इतना देखा कि पिता जी ने एक अशर्फ़ी निकालकर आबादीजान को दी। उनकी आंखों में इस समय इतना गर्वयुक्त उल्लास था, मानो उन्होंने हातिम की क़ब्र पर लात मारी हो। यही पिता जी हैं, जिन्होंने मुझे आरती में एक रुपया डालते देखकर मेरी ओर इस तरह से देखा था, मानो मुझे फाड़ ही खाएंगे। मेरे उस परमोचित व्यवहार से उनके रोब में फ़र्क़ आता था और इस समय इस घृणित, कुत्सित और निन्दित व्यापार पर गर्व और आनन्द से फूले न समाते थे।

आबादीजान ने एक मनोहर मुस्कान के साथ पिता जी को सलाम किया और आगे बढ़ी; मगर मुझसे वहां न बैठा गया। मारे शर्म के मेरा मस्तक झुका जाता था; अगर मेरी आंखों-देखी बात न होती, तो मुझे

इस पर कभी एतबार न होता। मैं बाहर जो कुछ देखता-सुनता था, उसकी रिपोर्ट अम्मां से ज़रूर करता था। पर इस मामले को मैंने उनसे छिपा रखा। मैं जानता था, उन्हें यह बात सुनकर बड़ा दुख होगा।

रात-भर गाना होता रहा। तबले की धमक मेरे कानों में आ रही थी। जी चाहता था, चलकर देखूं; पर साहस न होता था। मैं किसी को मुंह कैसे दिखाऊंगा? कहीं किसी ने पिता जी का ज़िक्र छेड़ दिया, तो मैं क्या करूंगा?

प्रातःकाल रामचन्द्र की विदाई होने वाली थी। मैं चारपाई से उठते ही आंखें मलता हुआ चौपाल की ओर भागा। डर रहा था कि कहीं रामचन्द्र चले न गए हों। पहुंचा, तो देखा – तवायफ़ों की सवारियां जाने को तैयार हैं। बीसों आदमी हसरतनाक मुंह बनाए उन्हें घेरे खड़े हैं। मैंने उनकी ओर आंख तक न उठाई। सीधा रामचन्द्र के पास पहुंचा। लक्ष्मण और सीता बैठे रो रहे थे; और रामचन्द्र खड़े कांधे पर लुटिया-डोर डाले उन्हें समझा रहे थे। मेरे सिवा वहां और कोई न था। मैंने कुंठित-स्वर से रामचन्द्र से पूछा – क्या तुम्हारी विदाई हो गई?

रामचन्द्र – हां, हो तो गई। हमारी विदाई ही क्या? चौधरी साहब ने कह दिया – जाओ, चले जाते हैं।

'क्या रुपया और कपड़े नहीं मिले?'

'अभी नहीं मिले। चौधरी साहब कहते हैं – इस वक़्त बचत में रुपये नहीं हैं। फिर आकर ले जाना।'

'कुछ नहीं मिला?'

'एक पैसा भी नहीं। कहते हैं, कुछ बचत नहीं हुई। मैंने सोचा

था, कुछ रुपये मिल जाएंगे, तो पढ़ने की किताबें ले लूंगा! सो कुछ न मिला। राह-ख़र्च भी नहीं दिया। कहते हैं – कौन दूर है, पैदल चले जाओ।'

मुझे ऐसा क्रोध आया कि चलकर चौधरी को ख़ूब आड़े हाथों लूं। वेश्याओं के लिए रुपये, सवारियां सब-कुछ; पर बेचारे रामचन्द्र और उनके साथियों के लिए कुछ भी नहीं! जिन लोगों ने रात को आबादीजान पर दस-दस, बीस-बीस रुपये न्योछावर किए थे, उनके पास क्या इनके लिए दो-दो, चार-चार आने पैसे भी नहीं। पिता जी ने भी आबादीजान को एक अशर्फ़ी दी थी। देखूं इनके नाम पर क्या देते हैं! मैं दौड़ा हुआ पिता जी के पास गया। वह कहीं तफतीश पर जाने को तैयार खड़े थे। मुझे देखकर बोले – कहां घूम रहे हो? पढ़ने के वक़्त तुम्हें घूमने की सूझती है?

मैंने कहा – गया था चौपाल। रामचन्द्र विदा हो रहे थे। उन्हें चौधरी साहब ने कुछ नहीं दिया।

'तो तुम्हें इसकी क्या फ़िक्र पड़ी है?'

'वह जाएंगे कैसे? पास राह-ख़र्च भी तो नहीं है!'

'क्या कुछ ख़र्च भी नहीं दिया? यह चौधरी साहब की बेइंसाफ़ी है।'

'आप अगर दो रुपया दे दें, तो मैं उन्हें दे आऊं। इतने में शायद वह घर पहुंच जाएं।'

पिता जी ने तीव्र दृष्टि से देखकर कहा – जाओ, अपनी किताब देखो, मेरे पास रुपये नहीं हैं।

यह कहकर वह घोड़े पर सवार हो गए। उसी दिन से पिता जी

पर से मेरी श्रद्धा उठ गई। मैंने फिर कभी उनकी डांट-डपट की परवा नहीं की। मेरा दिल कहता – आपको मुझको उपदेश देने का कोई अधिकार नहीं है। मुझे उनकी सूरत से चिढ़ हो गई। वह जो कहते, मैं ठीक उसका उलटा करता। यद्यपि इससे मेरी हानि हुई; लेकिन मेरा अन्तःकरण उस समय विप्लवकारी विचारों से भरा हुआ था।

मेरे पास दो आने पैसे पड़े हुए थे। मैंने पैसे उठा लिये और जाकर शरमाते-शरमाते रामचन्द्र को दे दिए। उन पैसों को देखकर रामचन्द्र को जितना हर्ष हुआ, वह मेरे लिए आशातीत था। टूट पड़े, मानो प्यासे को पानी मिल गया।

यही दो आने पैसे लेकर तीनों मूर्तियां विदा हुईं! केवल मैं ही उनके साथ क़स्बे के बाहर तक पहुंचाने आया।

उन्हें विदा करके लौटा, तो मेरी आंखें सजल थीं; पर हृदय आनन्द से उमड़ा हुआ था।

गुल्ली-डंडा

हमारे अंग्रेज़ीदां दोस्त मानें या न मानें, मैं तो यही कहूंगा कि गुल्ली-डंडा सब खेलों का राजा है। अब भी कभी लड़कों को गुल्ली-डंडा खेलते देखता हूं, तो जी लोट-पोट हो जाता है कि इनके साथ जाकर खेलने लगूं। न लॉन की ज़रूरत, न कोर्ट की, न नेट की, न थापी की। मज़े से किसी पेड़ की एक टहनी काट ली, गुल्ली बना ली, और दो आदमी भी आ गए; तो खेल शुरू हो गया। विलायती खेलों में सबसे बड़ा ऐब है कि उनके सामान महंगे होते हैं। जब तक कम-से-कम एक सैकड़ा न ख़र्च कीजिए, खिलाड़ियों में शुमार ही नहीं हो सकता। यह गुल्ली-डंडा है कि बिना हर्र-फिटकरी के चोखा रंग देता है; पर हम अंग्रेज़ी चीज़ों के पीछे ऐसे दीवाने हो रहे हैं कि अपनी सभी चीज़ों से अरुचि हो गई है। हमारे स्कूलों में हरेक लड़के से तीन-चार रुपये सालाना केवल खेलने की फ़ीस ली जाती है। किसी को यह नहीं सूझता कि भारतीय खेल खेलाएं; जो बिना दाम-कौड़ी के खेले जाते हैं। अंग्रेज़ी खेल उनके लिए है, जिनके पास धन है। ग़रीब लड़कों के लिए

क्यों यह व्यसन मढ़ते हो ? ठीक है, गुल्ली से आंख फूट जाने का भय रहता है। तो क्या क्रिकेट से सिर फूट जाने, तिल्ली फट जाने, टांग टूट जाने का भय नहीं रहता? अगर हमारे माथे में गुल्ली का दाग़ आज तक बना हुआ है, तो हमारे कई दोस्त ऐसे भी हैं, जो थापी को बैसाखी से बदल बैठे। ख़ैर, यह अपनी-अपनी रुचि है। मुझे गुल्ली ही सब खेलों से अच्छी लगती है और बचपन की मीठी स्मृतियों में गुल्ली ही सबसे मीठी है। वह प्रातःकाल घर से निकल जाना, वह पेड़ पर चढ़कर टहनियां काटना और गुल्ली-डंडे बनाना, वह उत्साह, वह लगन, वह खिलाड़ियों के जमघटे, वह पदना और पदाना; वह लड़ाई-झगड़े, वह सरल स्वभाव, जिसमें छूत-अछूत, अमीर-ग़रीब का बिल्कुल भेद न रहता था, जिसमें अमीराना चोचलों की, प्रदर्शन की, अभिमान की गुंजाइश ही न थी, यह उसी वक़्त भूलेगा जब...घरवाले बिगड़ रहे हैं, पिता जी चौके पर बैठे वेग से रोटियों पर अपना क्रोध उतार रहे हैं, अम्मां की दौड़ केवल द्वार तक है, लेकिन उनकी विचारधारा में मेरा अन्धकारमय भविष्य टूटी हुई नौका की तरह डगमगा रहा है, और मैं हूं कि पदाने में मस्त हूं, न नहाने की सुधि है, न खाने की। गुल्ली है तो ज़रा-सी; पर उसमें दुनिया भर की मिठाइयों की मिठास और तमाशों का आनन्द भरा हुआ है।

मेरे हमजोलियों में एक लड़का गया नाम का था। मुझसे दो-तीन साल बड़ा होगा। दुबला, लम्बा, बन्दरों की-सी लम्बी-लम्बी पतली-पतली उंगलियां, बन्दरों की-सी ही चपलता, वही झल्लाहट। गुल्ली कैसी हो, उस पर इस तरह लपकता था; जैसे छिपकली कीड़ों पर लपकती है। मालूम नहीं उसके मां-बाप थे या नहीं, कहां रहता था, क्या खाता था; पर था हमारे गुल्ली-क्लब का चैम्पियन। जिसकी

तरफ़ वह आ जाए, उसकी जीत निश्चित थी! हम सब उसे दूर से आते देख, उसका दौड़कर स्वागत करते थे और उसे अपना गोइयां बना लेते थे।

एक दिन हम और गया दो ही खेल रहे थे। वह पदा रहा था, मैं पद रहा था; मगर कुछ विचित्र बात है कि पदाने में हम दिन-भर मस्त रह सकते हैं, पदना एक मिनट का भी अखरता है। मैंने गला छुड़ाने के लिए सब चालें चलीं, जो ऐसे अवसर पर शास्त्र-विहित न होने पर भी क्षम्य हैं, लेकिन गया अपना दांव लिये बग़ैर मेरा पिंड न छोड़ता था।

अनुनय-विनय का कोई असर न हुआ। मैं घर की ओर भागा।

गया ने मुझे दौड़कर पकड़ लिया और डंडा तानकर बोला – मेरा

दांव देकर जाओ। पदाया तो बड़े बहादुर बनके, पदने की बेर क्यों भागे जाते हो?

'तुम दिन-भर पदाओ, तो मैं दिन-भर पदता रहूं?'

'हां, तुम्हें दिन-भर पदना पड़ेगा।'

'न खाने जाऊं, न पीने जाऊं?'

'हां; मेरा दांव दिए बिना कहीं नहीं जा सकते।'

'मैं तुम्हारा ग़ुलाम हूं?'

'हां, मेरे ग़ुलाम हो।'

'मैं घर जाता हूं, देखूं मेरा क्या कर लेते हो?'

'घर कैसे जाओगे, कोई दिल्लगी है। दांव दिया, दांव लेंगे।'

'अच्छा, कल मैंने तुम्हें अमरूद खिलाया था। वह लौटा दो।'

'वह तो पेट में चला गया।'

'निकालो पेट से। तुमने क्यों खाया मेरा अमरूद?'

'अमरूद तुमने दिया, तब मैंने खाया। तुमसे मांगने न गया था।'

'जब तक मेरे अमरूद न दोगे, मैं दांव न दूंगा।'

मैं समझता था, न्याय मेरी ओर है। आख़िर मैंने किसी स्वार्थ से ही उसे अमरूद खिलाया होगा। कौन निःस्वार्थ किसी के साथ सलूक करता है। भिक्षा तक तो स्वार्थ के लिए ही देते हैं। जब गया ने अमरूद खाया, तो फिर उसे मुझसे दांव लेने का क्या अधिकार है? रिश्वत देकर तो लोग ख़ून पचा जाते हैं। यह मेरा अमरूद यों ही हज़म कर जाएगा?

अमरूद पैसे के पांच वाले थे, जो गया के बाप को भी नसीब न होंगे। यह सरासर अन्याय था।

गया ने मुझे अपनी ओर खींचते हुए कहा – मेरा दांव देकर जाओ, अमरूद-समरूद मैं नहीं जानता।

मुझे न्याय का बल था। वह अन्याय पर डटा हुआ था। मैं हाथ छुड़ाकर भागना चाहता था। वह मुझे जाने न देता था! मैंने गाली दी; उसने उससे कड़ी गाली दी, और गाली नहीं, दो-एक चांटा जमा दिया। मैंने उसे दांत काट लिया। उसने मेरी पीठ पर डंडा जमा दिया। मैं रोने लगा। गया मेरे इस अस्त्र का मुक़ाबला न कर सका। भागा। मैंने तुरन्त आंसू पोंछ डाले, डंडे की चोट भूल गया और हंसता हुआ घर में जा पहुंचा! मैं थानेदार का लड़का एक नीच जात के लौंडे के हाथों पिट गया, यह मुझे उस समय भी अपमानजनक मालूम हुआ; लेकिन घर में किसी से शिकायत न की।

उन्हीं दिनों पिता जी का वहां से तबादला हो गया। नई दुनिया देखने की ख़ुशी में ऐसा फूला कि अपने हमजोलियों से बिछुड़ जाने का बिल्कुल दुख न हुआ। पिता जी दुखी थे। यह बड़ी आमदनी की जगह थी। अम्मां जी भर दुखी थीं, यहां सब चीज़ें सस्ती थीं, और मुहल्ले की स्त्रियों से घराव-सा हो गया था, लेकिन मैं मारे ख़ुशी के फूला न समाता था। लड़कों से जीट उड़ा रहा था, वहां ऐसे घर थोड़े ही होते हैं। ऐसे-ऐसे ऊंचे घर हैं कि आसमान से बातें करते हैं। वहां के अंग्रेज़ी स्कूल में कोई मास्टर लड़कों को पीटे, तो उसे जेहल हो जाए। मेरे मित्रों की फैली हुई

आंखें और चकित-मुद्रा बतला रही थीं कि मैं उनकी निगाह में कितना ऊंचा उठ गया हूं। बच्चों में मिथ्या को सत्य बना लेने की वह शक्ति है, जिसे हम, जो सत्य को मिथ्या बना लेते हैं, क्या समझेंगे। उन बेचारों को मुझसे कितनी स्पर्द्धा हो रही थी। मानो कह रहे थे – तुम भाग्यवान हो भाई, जाओ, हमें तो इस ऊजड़ ग्राम में जीना भी है और मरना भी।

बीस साल गुज़र गए। मैंने इंजीनियरी पास की और उसी ज़िले का दौरा करता हुआ, उसी क़स्बे में पहुंचा और डाकबंगले में ठहरा। उस स्थान को देखते ही इतनी मधुर बाल-स्मृतियां हृदय में जाग उठीं कि मैंने छड़ी उठाई और क़स्बे की सैर करने निकला। आंखें किसी प्यासे पथिक की भांति बचपन के उन क्रीड़ा-स्थलों को देखने के लिए व्याकुल हो रही थीं; पर उस परिचित नाम के सिवा वहां और कुछ परिचित न था। जहां खंडहर था, पक्के मकान खड़े थे। जहां बरगद का पुराना पेड़ था; वहां अब एक सुन्दर बग़ीचा था। स्थान की काया-पलट हो गई थी। अगर उसके नाम और स्थिति का ज्ञान न होता, तो मैं इसे पहचान भी न सकता। बचपन की संचित और अमर स्मृतियां बांहें खोले अपने उन पुराने मित्रों से गले मिलने को अधीर हो रही थीं; मगर वह दुनिया बदल गई थी। ऐसा जी होता था कि उस धरती से लिपटकर रोऊं और कहूं, तुम मुझे भूल गई। मैं तो अब भी तुम्हारा वही रूप देखना चाहता हूं।

सहसा एक खुली हुई जगह में मैंने दो-तीन लड़कों को गुल्ली-डंडा खेलते देखा। एक क्षण के लिए मैं अपने को बिल्कुल भूल गया। भूल गया कि मैं एक ऊंचा अफ़सर हूं, साहबी ठाठ में, रौब और अधिकार के आवरण में।

जाकर एक लड़के से पूछा – क्यों बेटे, यहां कोई गया नाम का आदमी रहता है?

एक लड़के ने गुल्ली-डंडा समेटकर सहमे हुए स्वर में कहा – कौन गया? गया चमार?

मैंने यों ही कहा – हां-हां वही। गया नाम का कोई आदमी है तो। शायद वही हो।

'हां, है तो।'

'ज़रा उसे बुला ला सकते हो?'

लड़का दौड़ा हुआ गया और एक क्षण में एक पांच हाथ के काले देव को साथ लिये आता दिखाई दिया। मैं दूर से पहचान गया। उसकी ओर लपकना चाहता था कि उसके गले लिपट जाऊं; पर कुछ सोचकर रह गया। बोला – कहो गया, मुझे पहचानते हो?

गया ने झुककर सलाम किया – हां मालिक, भला पहचानूंगा

क्यों नहीं? आप मज़े में रहे?

'बहुत मज़े में। तुम अपनी कहो?'

'डिप्टी साहब का साईस हूं।'

'मतई, मोहन, दुर्गा ये सब कहां हैं? कुछ ख़बर है?'

'मतई तो मर गया, दुर्गा और मोहन दोनों डाकिये हो गए हैं, आप?'

'मैं तो ज़िले का इंजीनियर हूं?'

'सरकार तो पहले ही बड़े जहीन थे।'

'अब कभी गुल्ली-डंडा खेलते हो?'

गया ने मेरी ओर प्रश्न की आंखों से देखा – अब गुल्ली-डंडा क्या खेलूंगा सरकार, अब तो पेट के धन्धे से छुट्टी नहीं मिलती।

'आओ, आज हम-तुम खेलें। तुम पदाना, हम पदेंगे। तुम्हारा एक दांव हमारे ऊपर है। वह आज ले लो।'

गया बड़ी मुश्किल से राज़ी हुआ। वह ठहरा टके का मज़दूर, मैं एक बड़ा अफ़सर। हमारा और उसका क्या जोड़? बेचारा झेंप रहा था; लेकिन मुझे भी कुछ कम झेंप न थी; इसलिए नहीं कि मैं गया के साथ खेलने जा रहा था; बल्कि इसलिए कि लोग इस खेल को अजूबा समझकर इसका तमाशा बना लेंगे और अच्छी-ख़ासी भीड़ लग जाएगी। उस भीड़ में वह आनन्द कहां रहेगा; पर खेले बग़ैर तो रहा नहीं जाता था। आख़िर निश्चय हुआ कि दोनों जने बस्ती से दूर जाकर एकान्त में खेलें। वहां कौन कोई देखने वाला बैठा होगा। मज़े से खेलेंगे और बचपन की उस मिठाई को खूब

रस ले-लेकर खाएंगे। मैं गया को लेकर डाक बंगले पर आया और मोटर में बैठकर दोनों मैदान की ओर चले। साथ में एक कुल्हाड़ी ले ली। मैं गम्भीर भाव धारण किए हुए था, लेकिन गया इसे अभी तक मज़ाक़ ही समझ रहा था। फिर भी उसके मुख पर उत्सुकता या आनन्द का कोई चिह्न न था। शायद वह हम दोनों में जो अन्तर हो गया था, वह सोचने में मगन था।

मैंने पूछा – तुम्हें कभी हमारी याद आई थी गया? सच कहना।

गया झेंपता हुआ बोला – मैं आपको क्या याद करता हुज़ूर, किस लायक हूं। भाग में आपके साथ कुछ दिन खेलना बदा था, नहीं मेरी क्या गिनती!

मैंने कुछ उदास होकर कहा – लेकिन मुझे तो बराबर तुम्हारी याद आती थी। तुम्हारा वह डंडा, जो तुमने तानकर जमाया था, याद है न?

गया ने पछताते हुए कहा – वह लड़कपन था सरकार, उसकी याद न दिलाओ।

'वाह! वह मेरे बाल-जीवन की सबसे रसीली याद है। तुम्हारे उस डंडे में जो रस था, वह तो अब न आदर-सम्मान में पाता हूं, न धन में। कुछ ऐसी मिठास थी उसमें कि आज तक उससे मन मीठा होता रहता है।'

इतनी देर में हम बस्ती से कोई तीन मील निकल आए हैं। चारों तरफ़ सन्नाटा है। पश्चिम की ओर कोसों तक भीमताल फैला हुआ है, जहां आकर हम किसी समय कमल के पुष्प तोड़ ले जाते थे और उसके झुमके बनाकर कानों में डाल लेते थे। जेठ की सन्ध्या केसर में डूबी

चली आ रही है। मैं लपककर एक पेड़ पर चढ़ गया और एक टहनी काट लाया। चटपट गुल्ली-डंडा बन गया।

खेल शुरू हो गया। मैंने गुच्ची में गुल्ली रखकर उछाली। गुल्ली गया के सामने से निकल गई। उसने हाथ लपकाया जैसे मछली पकड़ रहा हो। गुल्ली उसके पीछे जाकर गिरी। यह वही गया है, जिसके हाथों में गुल्ली जैसे आप-ही-आप जाकर बैठ जाती थी। वह दाहिने-बाएं कहीं हो, गुल्ली उसकी हथेलियों में ही पहुंचती थी। जैसे गुल्लियों पर वशीकरण डाल देता हो। नई गुल्ली, पुरानी गुल्ली, छोटी गुल्ली, बड़ी गुल्ली, नोकदार गुल्ली, सपाट गुल्ली, सभी उसे मिल जाती थीं। जैसे उसके हाथों में कोई चुम्बक हो, जो गुल्लियों को खींच लेता हो, लेकिन आज गुल्ली को उससे प्रेम नहीं रहा। फिर तो मैंने पदाना शुरू किया। मैं तरह-तरह की धांधलियां कर रहा था। अभ्यास की कसर बेईमानी से पूरी कर रहा था। हुच जाने पर भी डंडा खेले जाता था; हालांकि शास्त्र के अनुसार गया की बारी आनी चाहिए थी। गुल्ली पर जब ओछी चोट पड़ती और वह ज़रा दूर पर गिर पड़ती, तो मैं झटपट उसे ख़ुद उठा लेता और दोबारा टांड़ लगाता। गया यह सारी बे-कायदगियां देख रहा था, पर कुछ न बोलता था, जैसे उसे वे सब क़ायदे-क़ानून भूल गए। उसका निशाना कितना अचूक था। गुल्ली उसके हाथ से निकलकर टन-से डंडे में आकर लगती थी। उसके हाथ से छूटकर उसका काम था डंडे से टकरा जाना; लेकिन आज वह गुल्ली डंडे में लगती ही नहीं। कभी दाहिने जाती है, कभी बाएं, कभी आगे, कभी पीछे।

आध घंटे पदाने के बाद एक बार गुल्ली डंडे में आ लगी। मैंने धांधली की, गुल्ली डंडे में नहीं लगी, बिल्कुल पास से गई; लेकिन लगी नहीं।

गया ने किसी प्रकार का असन्तोष न प्रकट किया।

'न लगी होगी।'

'डंडे में लगती, तो क्या मैं बेईमानी करता?'

'नहीं भैया, तुम भला बेईमानी करोगे?'

बचपन में मजाल था, कि मैं ऐसा घपला करके जीता बचता। यही गया गर्दन पर चढ़ बैठता; लेकिन आज मैं उसे कितनी आसानी से धोखा दिए चला जाता था। गधा है! सारी बातें भूल गया।

सहसा गुल्ली फिर डंडे में लगी और इतने ज़ोर से लगी जैसे बन्दूक़ छूटी हो। इस प्रमाण के सामने अब किसी तरह की धांधली करने का साहस मुझे इस वक़्त भी न हो सका; लेकिन क्यों न एक बार सच को झूठ बनाने की चेष्टा करूं? मेरा हर्ज़ ही क्या है। मान गया, तो वाह-वाह नहीं तो दो-चार हाथ पदना ही तो पड़ेगा। अंधेरे का बहाना करके जल्दी से गला छुड़ा लूंगा। फिर कौन दांव देने आता है।

गया ने विजय के उल्लास में कहा – लग गई, लग गई! टन-से बोली।

मैंने अनजान बनने की चेष्टा करके कहा – तुमने लगते देखा? मैंने तो नहीं देखा।

'टन-से बोली है सरकार!'

'और जो किसी ईंट में लग गई हो?'

मेरे मुख से यह वाक्य उस समय कैसे निकला, इसका मुझे ख़ुद आश्चर्य है। इस सत्य को झुठलाना वैसे ही था जैसे दिन को रात बताना। हम दोनों ने गुल्ली को डंडे में ज़ोर से लगते देखा था, लेकिन गया ने मेरा

कथन स्वीकार कर लिया।

'हां, किसी ईंट में ही लगी होगी। डंडे में लगती, तो इतनी आवाज़ न आती।'

मैंने फिर पदाना शुरू कर दिया, लेकिन इतनी प्रत्यक्ष धांधली कर लेने के बाद, गया की सरलता पर मुझे दया आने लगी, इसलिए जब तीसरी बार गुल्ली डंडे में लगी, तो मैंने बड़ी उदारता से दांव देना तय कर दिया।

गया ने कहा – अब तो अंधेरा हो गया भैया, कल पर रखो।

मैंने सोचा, कल बहुत-सा समय होगा, यह न जाने कितनी देर पदाए, इसलिए इसी वक़्त मुआमला साफ़ कर लेना अच्छा होगा।

'नहीं, नहीं। अभी बहुत उजाला है। तुम अपना दांव ले लो।'

'गुल्ली सूझेगी नहीं।'

'कुछ परवाह नहीं।'

गया ने पदाना शुरू किया, पर उसे अब बिल्कुल अभ्यास न था। उसने दो बार टांड़ लगाने का इरादा किया; पर दोनों ही बार हुच गया। एक मिनट से कम में वह दांव पूरा कर चुका। बेचारा घंटा-भर पदा; पर एक मिनट ही में अपना दांव खो बैठा। मैंने अपने हृदय की विशालता का परिचय दिया।

'एक दांव और खेल लो। तुम पहले ही हाथ में हुच गए।'

'नहीं भैया, अब अंधेरा हो गया।'

'तुम्हारा अभ्यास छूट गया। क्या कभी खेलते नहीं?'

'खेलने का समय कहां मिलता है भैया!'

नमक का दारोग़ा

जब नमक का नया विभाग बना और ईश्वरप्रदत्त वस्तु के व्यवहार करने का निषेध हो गया, तो लोग चोरी-छिपे इसका व्यापार करने लगे। अनेक प्रकार के छल-प्रपंचों का सूत्रपात हुआ – कोई घूस से काम निकालता था, कोई चालाकी से। अधिकारियों के पौ-बारह थे। पटवारीगिरी का सर्वसम्मानित पद छोड़-छोड़कर लोग इस विभाग की बरकन्दाजी करते थे। इसके दारोग़ा पद के लिए तो वकीलों का भी जी ललचाता था। यह वह समय था जब अंग्रेज़ी शिक्षा और ईसाई मत को लोग एक ही वस्तु समझते थे। फ़ारसी का प्राबल्य था। प्रेम की कथाएं और श्रृंगार-रस के काव्य पढ़कर फ़ारसी दां लोग सर्वोच्च पदों पर नियुक्त हो जाया करते थे। मुंशी वंशीधर भी ज़ुलेखा की विरह-कथा समाप्त करके मजनूं और फरहाद के प्रेम-वृत्तान्त को नल और नील की लड़ाई और अमरीका के आविष्कार से अधिक महत्त्व की बातें समझते हुए रोज़गार की खोज में निकले। उनके पिता एक अनुभवी पुरुष थे समझाने लगे, बेटा! घर की दुर्दशा देख रहे हो। ऋण

के बोझ से दबे हुए हैं। लड़कियां हैं, वह घास-फूस की तरह बढ़ती चली जाती हैं। मैं कगारे पर का वृक्ष हो रहा हूं, न मालूम कब गिर पड़ूं! अब तुम्हीं घर के मालिक-मुख्तार हो। नौकरी में ओहदे की ओर ध्यान मत देना, यह तो पीर का मज़ार है। निगाह चढ़ावे और चादर पर रखनी चाहिए। ऐसा काम ढूंढ़ना जहां कुछ ऊपरी आय हो। मासिक वेतन तो पूर्णमासी का चांद है, जो एक दिन दिखाई देता है और घटते-घटते लुप्त हो जाता है। ऊपरी आय बहता हुआ स्रोत है, जिससे सदैव प्यास बुझती है। वेतन मनुष्य देता है, इसी से उसमें वृद्धि नहीं होती। ऊपरी आमदनी ईश्वर देता है, इसी से उसकी बरकत होती है, तुम स्वयं विद्वान हो, तुम्हें क्या समझाऊं। इस विषय में विवेक की बड़ी आवश्यकता है। मनुष्य को देखो, उसकी आवश्यकता को देखो और अवसर देखो, उसके उपरान्त जो उचित समझो, करो। ग़रज़ वाले आदमी के साथ कठोरता करने में लाभ-ही-लाभ है। लेकिन बेग़रज़ को दांव पर पाना ज़रा कठिन है। इन बातों को निगाह में बांध लो, यह मेरी जन्म-भर की कमाई है।

इस उपदेश के बाद पिता जी ने आशीर्वाद दिया। वंशीधर आज्ञाकारी पुत्र थे। ये बातें ध्यान से सुनीं और तब घर से चल खड़े हुए। इस विस्तृत संसार में उनके लिए धैर्य अपना मित्र, बुद्धि अपनी पथप्रदर्शक और आत्मावलम्बन ही अपना सहायक था। लेकिन अच्छे शकुन से चले थे, जाते-ही-जाते नमक विभाग के दारोग़ा पद पर प्रतिष्ठित हो गए। वेतन अच्छा और ऊपरी आय का तो ठिकाना ही न था। वृद्ध मुंशी जी को सुख-संवाद मिला तो फूले न समाए। महाजन कुछ नरम पड़े, कलवार की आशालता लहलहाई। पड़ोसियों के हृदय में शूल उठने लगे।

जाड़े के दिन थे और रात का समय। नमक के सिपाही, चौकीदार नशे में मस्त थे। मुंशी वंशीधर को यहां आए अभी छह महीनों से अधिक न हुए थे, लेकिन इस थोड़े समय में ही उन्होंने अपनी कार्य-कुशलता और उत्तम आचार से अफ़सरों को मोहित कर लिया था। अफ़सर लोग उन पर बहुत विश्वास करने लगे। नमक के दफ़्तर से एक मील पूर्व की ओर जमुना बहती थी, उस पर नावों का एक पुल बना हुआ था। दारोग़ा जी किवाड़ बन्द किए मीठी नींद में सो रहे थे। अचानक आंख खुली तो नदी के प्रवाह की जगह गाड़ियों की गड़गड़ाहट तथा मल्लाहों का कोलाहल सुनाई दिया। उठ बैठे। इतनी रात गए गाड़ियां क्यों नदी के पार जाती हैं? अवश्य कुछ-न-कुछ गोलमाल है। तर्क ने भ्रम को पुष्ट किया। वर्दी पहनी, तमंचा जेब में रखा और बात-की-बात में घोड़ा बढ़ाए हुए पुल पर आ पहुंचे। गाड़ियों की एक लम्बी क़तार पुल के पार जाती देखी। डांटकर पूछा, किसकी गाड़ियां हैं?

थोड़ी देर तक सन्नाटा रहा। आदमियों में कुछ कानाफूसी हुई, तब आगे वालों ने कहा – पंडित अलोपीदीन की।

'कौन पंडित अलोपीदीन?'

'दातागंज के।'

मुंशी वंशीधर चौंके। पंडित अलोपीदीन इस इलाकें के सबसे प्रतिष्ठित ज़मींदार थे। लाखों रुपये का लेन-देन करते थे, इधर छोटे से बड़े कौन ऐसे थे, जो उनके ऋणी न हों। व्यापार भी बड़ा लम्बा-चौड़ा था। बड़े चलते पुर्ज़े आदमी थे। अंग्रेज़ अफ़सर उनके इलाक़े में शिकार खेलने आते और उनके मेहमान होते। बारहों मास सदाव्रत चलता था।

मुंशी जी ने पूछा, गाड़ियां कहां जाएंगी? उत्तर मिला, कानपुर। लेकिन इस प्रश्न पर कि इसमें क्या है, सन्नाटा छा गया। दारोग़ा साहब का सन्देह और भी बढ़ा। कुछ देर तक उत्तर की बाट देखकर वह ज़ोर से बोले – क्या तुम सब गूंगे हो गए हो? हम पूछते हैं, इनमें क्या लदा है?

जब इस बार भी कोई उत्तर न मिला तो उन्होंने घोड़े को एक गाड़ी से मिलाकर बोरे को टटोला। भ्रम दूर हो गया। यह नमक के ढेले थे।

पंडित अलोपीदीन अपने सजीले रथ पर सवार, कुछ सोते, कुछ जागते चले आते थे। अचानक कई गाड़ीवानों ने घबराए हुए आकर जगाया और बोले – महाराज! दारोग़ा ने गाड़ियां रोक दी हैं और घाट पर आपको बुलाते हैं।

पंडित अलोपीदीन का लक्ष्मी जी पर अखंड विश्वास था। वह कहा करते थे कि संसार का तो कहना ही क्या है, स्वर्ग में भी लक्ष्मी का ही राज्य है। उनका यह कहना यथार्थ ही था। न्याय और नीति सब लक्ष्मी के ही खिलौने हैं, इन्हें वह जैसे चाहती हैं, नचाती हैं। लेटे-ही-लेटे गर्व से बोले, चलो हम आते हैं। यह कहकर पंडित जी ने बड़ी निश्चिन्तता से पान के बीड़े लगाकर खाए। फिर लिहाफ़ ओढ़े हुए दारोग़ा के पास आकर बोले, बाबू जी, आशीर्वाद! कहिए, इसमें ऐसा कौन-सा अपराध हुआ कि गाड़ियां रोक दी गईं? हम ब्राह्मणों पर तो आपकी कृपादृष्टि रहनी चाहिए।

वंशीधर रुखाई से बोले – सरकारी हुक्म !

पं. अलोपीदीन ने हंसकर कहा – हम सरकारी हुक्म को नहीं जानते और न सरकार को। हमारे सरकार तो आप ही हैं। हमारा और आपका तो घर का मामला है, हम कभी आपसे बाहर हो सकते हैं? आपने व्यर्थ का कष्ट उठाया। यह हो नहीं सकता कि इधर से जाएं और इस घाट के देवता को भेंट न चढ़ावें। मैं तो आपकी सेवा में स्वयं ही आ रहा था। वंशीधर पर ऐश्वर्य की मोहिनी वंशी का कुछ प्रभाव न पड़ा। ईमानदारी की नई उमंग थी। कड़ककर बोले – हम उन नमकहरामों में नहीं हैं, जो कौड़ियों पर अपना ईमान बेचते फिरते हैं। आप इस समय हिरासत में हैं। आपका क़ायदे के अनुसार चालान होगा। बस, मुझे अधिक बातों की फ़ुर्सत नहीं है। जमादार बदलूसिंह! तुम इन्हें हिरासत में ले चलो, मैं हुक्म देता हूं।

पं. अलोपीदीन स्तम्भित हो गए। गाड़ीवानों में हलचल मच गई। पंडित जी के जीवन में कदाचित यह पहला ही अवसर था कि पंडित जी को ऐसी कठोर बातें सुननी पड़ीं। बदलूसिंह आगे बढ़ा, किन्तु रोब के मारे यह साहस न हुआ कि उनका हाथ पकड़ सके। पंडित जी ने धर्म को धन का ऐसा निरादर करते कभी न देखा था। विचार किया कि यह अभी उदंड लड़का है। माया-मोह के जाल में अभी नहीं पड़ा। अल्हड़ है, झिझकता है। बहुत दीन-भाव से बोले – बाबू साहब, ऐसा न कीजिए, हम मिट जाएंगे। इज़्ज़त धूल में मिल जाएगी। हमारा अपमान करने से आपके हाथ क्या आएगा? हम किसी तरह आपसे बाहर थोड़े ही हैं।

वंशीधर ने कठोर स्वर में कहा – हम ऐसी बातें नहीं सुनना चाहते।

अलोपीदीन ने जिस सहारे को चट्टान समझ रखा था, वह पैरों

के नीचे खिसकता हुआ मालूम हुआ। स्वाभिमान और धन-ऐश्वर्य को कड़ी चोट लगी। किन्तु अभी तक धन की सांख्यिक शक्ति का पूरा भरोसा था। अपने मुख्तार से बोले – लाला जी, एक हज़ार के नोट बाबू साहब की भेंट करो, आप इस समय भूखे सिंह हो रहे हैं।

वंशीधर ने गरम होकर कहा – एक हज़ार नहीं, एक लाख भी मुझे सच्चे मार्ग से नहीं हटा सकते।

धर्म की इस बुद्धिहीन दृढ़ता और देव-दुर्लभ त्याग पर मन बहुत झुंझलाया। अब दोनों शक्तियों में संग्राम होने लगा। धन ने उछल-उछलकर आक्रमण करने शुरू किए। एक से पांच, पांच से दस, दस से पन्द्रह और पन्द्रह से बीस हज़ार तक नौबत पहुंची, किन्तु धर्म अलौकिक वीरता के साथ इस बहुसंख्यक सेना के सम्मुख अकेला पर्वत की भांति अटल, अविचलित खड़ा था।

‘अलोपीदीन निराश होकर बोले – अब इससे अधिक मेरा साहस नहीं। आगे आपको अधिकार है।

वंशीधर ने अपने जमादार को ललकारा। बदलूसिंह मन में दारोग़ा जी को गालियां देता हुआ पंडित अलोपीदीन की ओर बढ़ा। पंडित जी घबराकर दो-तीन क़दम पीछे हट गए। अत्यन्त दीनता से बोले, बाबू साहब, ईश्वर के लिए मुझ पर दया कीजिए, मैं पच्चीस हज़ार पर निपटारा करने को तैयार हूं।

‘असम्भव बात है।’

‘तीस हज़ार पर।’

‘किसी तरह भी सम्भव नहीं।’

'क्या चालीस हज़ार पर भी नहीं?'

'चालीस हज़ार नहीं, चालीस लाख पर भी असम्भव है।'

'बदलूसिंह, इस आदमी को हिरासत में ले लो। अब मैं एक शब्द

भी नहीं सुनना चाहता।'

धर्म ने धन को पैरों तले कुचल डाला। अलोपीदीन ने एक हृष्ट-पुष्ट मनुष्य को हथकड़ियां लिये हुए अपनी तरफ़ आते देखा। चारों ओर निराश और कातर दृष्टि से देखने लगे। इसके बाद मूर्च्छित होकर गिर पड़े।

दुनिया सोती थी पर दुनिया की जीभ जागती थी। सबेरे देखिए तो बालक-वृद्ध सबके मुंह से यही बात सुनाई देती थी। जिसे देखिए वही पंडित जी के इस व्यवहार पर टीका-टिप्पणी कर रहा था, निन्दा की बौछारें हो रही थीं, मानो संसार में अब पापी का पाप कट गया। पानी को दूध के नाम से बेचने वाला ग्वाला, कल्पित रोज़नामचे भरने वाले अधिकारी वर्ग, रेल में बिना टिकट सफ़र करने वाले बाबू लोग, जाली दस्तावेज़ बनाने वाले सेठ और साहूकार यह सबके-सब देवताओं की भांति गर्दनें चला रहे थे। जब दूसरे दिन पंडित अलोपीदीन अभियुक्त होकर कांस्टेबलों के साथ, हाथों में हथकड़ियां, हृदय में ग्लानि और क्षोभ भरे, लज्जा से गर्दन झुकाए अदालत की तरफ़ चले तो सारे शहर में हलचल मच गई। मेलों में कदाचित आंखें इतनी व्यग्र न होती होंगी। भीड़ के मारे छत और दीवार में कोई भेद न रहा।

किन्तु अदालत में पहुंचने की देर थी। पंडित अलोपीदीन इस अगाध वन के सिंह थे। अधिकारी वर्ग उनके भक्त, अमले उनके सेवक, वकील-मुज़ार उनके आज्ञापालक और अरदली, चपरासी तथा चौकीदार तो उनके बिना मोल के ग़ुलाम थे। उन्हें देखते ही

लोग चारों तरफ़ से दौड़े। सभी लोग विस्मित हो रहे थे। इसलिए नहीं कि अलोपीदीन ने क्यों यह कर्म किया; बल्कि इसलिए कि वह क़ानून के पंजे में कैसे आए। ऐसा मनुष्य जिसके पास असाध्य साधन करने वाला धन और अनन्य वाचालता हो, वह क्यों क़ानून के पंजे में आए? प्रत्येक मनुष्य उनसे सहानुभूति प्रकट करता था। बड़ी तत्परता से इस आक्रमण को रोकने के निमित्त वकीलों की एक सेना तैयार की गई। न्याय के मैदान में धर्म और धन में युद्ध ठन गया। वंशीधर चुपचाप खड़े थे। उनके पास सत्य के सिवा न कोई बल था, न स्पष्ट भाषण के अतिरिक्त कोई शस्त्र। गवाह थे, किन्तु लोभ से डावांडोल।

यहां तक कि मुंशी जी को न्याय भी अपनी ओर कुछ खिंचा हुआ दीख पड़ता था। वह न्याय का दरबार था, परन्तु उसके कर्मचारियों पर पक्षपात का नशा छाया हुआ था। किन्तु पक्षपात और न्याय का क्या मेल ? जहां पक्षपात हो, वहां न्याय की कल्पना भी नहीं की जा सकती। मुक़दमा शीघ्र ही समाप्त हो गया। डिप्टी मजिस्ट्रेट ने अपने तजवीज में लिखा, पंडित अलोपीदीन के विरुद्ध दिए गए प्रमाण निर्मूल और भ्रमात्मक हैं। वह एक बड़े भारी आदमी हैं। यह बात कल्पना के बाहर है कि उन्होंने थोड़े लाभ के लिए ऐसा दुस्साहस किया हो। यद्यपि नमक के दारोग़ा मुंशी वंशीधर का अधिक दोष नहीं, लेकिन यह बड़े खेद की बात है कि उसकी उदंडता और विचारहीनता के कारण एक भले-मानुस को कष्ट झेलना पड़ा। हम प्रसन्न हैं कि वह अपने काम से सहज और सचेत रहता है, किन्तु नमक के मुक़दमे की बढ़ी हुई नमकहलाली ने उसके विवेक और बुद्धि को भ्रष्ट कर दिया। भविष्य में उसे होशियार रहना चाहिए।

वकीलों ने यह फ़ैसला सुना और उछल पड़े। पंडित अलोपीदीन मुस्कुराते हुए बाहर निकले। स्वजन बान्धवों ने रुपयों की लूट की। उदारता का सागर उमड़ पड़ा। उसकी लहरों ने अदालत की नींव तक हिला दी। जब वंशीधर बाहर निकले तो चारों ओर से उनके ऊपर व्यंग्यबाणों की वर्षा होने लगी। चपरासियों ने झुक-झुककर सलाम किए। किन्तु इस समय एक-एक कटुवाक्य, एक-एक संकेत उनकी गर्वाग्नि को प्रज्वलित कर रहा था। कदाचित इस मुक़दमे में सफल होकर वह इस तरह अकड़ते हुए न चलते। आज उन्हें संसार का एक खेदजनक विचित्र अनुभव हुआ। न्याय और विद्वत्ता, लम्बी-चौड़ी उपाधियां, बड़ी-बड़ी दाढ़ियां और ढीले चोग़े एक भी सच्चे आदर के पात्र नहीं हैं।

वंशीधर ने धन से बैर मोल लिया था, उसका मूल्य चुकाना अनिवार्य था। कठिनता से एक सप्ताह बीता होगा कि मुअत्तली का परवाना आ पहुंचा। कार्य-परायणता का दंड मिला। बेचारे भग्न हृदय, शोक और खेद से व्यथित घर को चले। बूढ़े मुंशी जी तो पहले ही से कुड़बुड़ा रहे थे कि चलते-चलते इस लड़के को समझाया था, लेकिन इसने एक न सुनी। सब मनमानी करता है। हम तो कलवार और कसाई के तगादे सहें, बुढ़ापे में भगत बनकर बैठें और वहां बस, वही सूखी तनख़्वाह! हमने भी तो नौकरी की है और कोई ओहदेदार नहीं थे, लेकिन काम किया, दिल खोलकर किया और आप ईमानदार बनने चले हैं। घर में चाहे अंधेरा हो, मस्जिद में अवश्य दिया जलाएंगे। खेद ऐसी समझ पर! पढ़ना-लिखना सब अकारथ गया। इसके थोड़े ही दिनों बाद, जब मुंशी वंशीधर इस दुरवस्था में घर पहुंचे और बूढ़े पिता जी ने समाचार सुना तो सिर पीट लिया। बोले, जी चाहता है कि तुम्हारा

और अपना सिर फोड़ लूं। बहुत देर तक पछता-पछता कर हाथ मलते रहे। क्रोध में कुछ कठोर बातें भी कहीं और यदि वंशीधर वहां से टल न जाते, तो अवश्य ही यह क्रोध विकट रूप धारण करता। वृद्धा माता को भी दुख हुआ। जगन्नाथ और रामेश्वर-यात्रा की कामनाएं मिट्टी में मिल गईं। पत्नी ने तो कई दिन तक सीधे मुंह बात भी नहीं की।

इसी प्रकार एक सप्ताह बीत गया। सन्ध्या का समय था। बूढ़े मुंशी जी बैठे राम-नाम की माला जप रहे थे। इसी समय उनके द्वार पर सजा हुआ रथ आकर रुका। हरे और गुलाबी परदे, पछाहियें बैलों की जोड़ी, उनकी गर्दनों में नीले धागे, सींग पीतल से जड़े हुए। कई नौकर लाठियां कन्धों पर रखे साथ थे। मुंशी जी अगवानी को दौड़े। देखा तो पंडित अलोपीदीन हैं। झुककर दंडवत की और लल्लो-चप्पो की बातें करने लगे – हमारा भाग्य उदय हुआ, जो आपके चरण इस द्वार पर आए। आप हमारे पूज्य देवता हैं, आपको कौन-सा मुंह दिखावें, मुंह में तो कालिख लगी हुई है। किन्तु क्या करें, लड़का अभागा कपूत है, नहीं तो आपसे क्यों मुंह छिपाना पड़ता? ईश्वर निस्सन्तान चाहे रक्खे, पर ऐसी सन्तान न दे।

अलोपीदीन ने कहा – नहीं भाई साहब, ऐसा न कहिए।

मुंशी जी ने चकित होकर कहा – ऐसी सन्तान को और क्या कहूं?

अलोपीदीन ने वात्सल्यपूर्ण स्वर में कहा – कुल तिलक और पुरुषों की कीर्ति उज्ज्वल करने वाले संसार में ऐसे कितने धर्मपरायण मनुष्य हैं, जो धर्म पर अपना सब-कुछ अर्पण कर सकें?

पं. अलोपीदीन ने वंशीधर से कहा – दारोग़ा जी, इसे खुशामद न समझिए। ख़ुशामद करने के लिए मुझे इतना कष्ट उठाने की ज़रूरत न थी।

उस रात को आपने अपने अधिकार-बल से मुझे अपनी हिरासत में लिया था, किन्तु आज मैं स्वेच्छा से आपकी हिरासत में आया हूं। मैंने हज़ारों रईस और अमीर देखे, हज़ारों उच्च पदाधिकारियों से काम पड़ा, किन्तु मुझे परास्त किया तो आपने। मैंने सबको अपना और अपने धन का गुलाम बनाकर छोड़ दिया। मुझे आज्ञा दीजिए कि आपसे कुछ विनय करूं।

वंशीधर ने अलोपीदीन को आते देखा तो उठकर सत्कार किया; किन्तु स्वाभिमान सहित। समझ गए कि यह महाशय मुझे लज्जित करने और जलाने आए हैं। क्षमा-प्रार्थना की चेष्टा नहीं की; वरन उन्हें अपने पिता की यह ठकुरसुहाती की बात असह्य-सी प्रतीत हुई। पर पंडित जी की बातें सुनीं तो मन की मैल मिट गई। पंडित जी की ओर उड़ती हुई दृष्टि से देखा। सद्भाव झलक रहा था। गर्व से अब लज्जा के सामने सिर झुका दिया। शर्माते हुए बोले – यह आपकी उदारता है जो ऐसा कहते हैं। मुझसे जो कुछ अविनय हुई है, उसे क्षमा कीजिए। मैं धर्म की बेड़ी से जकड़ा हुआ था, नहीं तो वैसे मैं आपका दास हूं। जो आज्ञा होगी, वह मेरे सिर-माथे पर।

अलोपीदीन ने विनीत भाव से कहा – नदी तट पर आपने मेरी प्रार्थना नहीं स्वीकार की थी, किन्तु आज स्वीकार करनी पड़ेगी।

वंशीधर बोले – मैं किस योग्य हूं, किन्तु जो कुछ सेवा मुझसे हो सकती है, उसमें त्रुटि न होगी।

अलोपीदीन ने एक स्टाम्प लगा हुआ पत्र निकाला और उसे वंशीधर के सामने रखकर बोले – इस पद को स्वीकार कीजिए और अपने हस्ताक्षर कर दीजिए। मैं ब्राह्मण हूं, जब तक यह सवाल पूरा न कीजिएगा, द्वार से न हटूंगा।

मुंशी वंशीधर ने उस कागज़ को पढ़ा, तो कृतज्ञता से आंखों में आंसू भर आए। पंडित अलोपीदीन ने उनको अपनी सारी जायदाद का स्थायी मैनेजर नियत किया था। छह हज़ार वार्षिक वेतन के अतिरिक्त रोज़ाना ख़र्च अलग, सवारी के लिए घोड़ा, रहने को बंगला, नौकर-चाकर मुफ़्त। कम्पित स्वर से बोले – पंडित जी, मुझमें इतनी सामर्थ्य नहीं है कि आपकी उदारता की प्रशंसा कर सकूं। किन्तु ऐसे उच्च पद के योग्य नहीं हूं।

अलोपीदीन हंसकर बोले – मुझे इस समय एक अयोग्य मनुष्य की ही ज़रूरत है।

वंशीधर ने गम्भीर भाव से कहा – यों मैं आपका दास हूं। आप जैसे कीर्तिवान, सज्जन पुरुष की सेवा करना मेरे लिए सौभाग्य की बात है। किन्तु मुझमें न विद्या है, न बुद्धि, न वह स्वभाव जो इन त्रुटियों की पूर्ति कर देता है। ऐसे महान कार्य के लिए एक बड़े मर्मज्ञ अनुभवी मनुष्य की ज़रूरत है।

अलोपीदीन ने क़लमदान से क़लम निकाली और उसे वंशीधर के हाथ में देकर बोले – न मुझे विद्वता की चाह है, न अनुभव की, न मर्मज्ञता की, न कार्य-कुशलता की। इन गुणों के महत्त्व का परिचय ख़ूब पा चुका हूं। अब सौभाग्य और सुअवसर ने मुझे वह मोती दे दिया है जिसके सामने योग्यता और विद्वत्ता की चमक फीकी पड़ जाती है। यह क़लम लीजिए, अधिक सोच-विचार न कीजिए, दस्तख़त कर दीजिए। परमात्मा से यही प्रार्थना है कि वह आपको सदैव वही नदी के किनारे वाला बेमुरौवत, उद्दंड, कठोर परन्तु धर्मनिष्ठ दारोग़ा बनाए रखे।

वंशीधर की आंखें डबडबा आईं। हृदय के संकुचित पात्र में इतना एहसान न समा सका। एक बार फिर पंडित जी की ओर भक्ति और श्रद्धा की दृष्टि से देखा और कांपते हुए हाथ से मैनेजरी के काग़ज़ पर हस्ताक्षर कर दिए।

अलोपीदीन ने प्रफुल्लित होकर उन्हें गले लगा लिया।

बूढ़ी काकी

बुढ़ापा बहुधा बचपन का पुनरागमन हुआ करता है। बूढ़ी काकी में जिह्वा-स्वाद के सिवा और कोई चेष्टा शेष न थी और न अपने कष्टों की ओर आकर्षित करने का, रोने के अतिरिक्त कोई दूसरा सहारा ही। समस्त इन्द्रियां, नेत्र, हाथ और पैर जवाब दे चुके थे! पृथ्वी पर पड़ी रहतीं और घर वाले कोई बात उनकी इच्छा के प्रतिकूल करते, भोजन का समय टल जाता या उसका परिमाण पूर्ण न होता अथवा बाज़ार से कोई वस्तु आती और न मिलती तो रोने लगती थीं। उनका रोना-सिसकना साधारण रोना न था, वे गला फाड़-फाड़कर रोती थीं।

उनके पतिदेव को स्वर्ग सिधारे कालान्तर हो चुका था। बेटे तरुण हो-होकर चल बसे थे। अब एक भतीजे के सिवाय और कोई न था। उसी भतीजे के नाम उन्होंने अपनी सारी सम्पत्ति लिख दी। भतीजे ने सारी सम्पत्ति लिखाते समय ख़ूब लम्बे-चौड़े वादे किए, किन्तु वे सब वादे केवल कुली डिपो के दलालों के दिखाए हुए सब्ज़बाग़ थे। यद्यपि उस सम्पत्ति की वार्षिक आय डेढ़-दो सौ रुपये से कम न थी, तथापि

बूढ़ी काकी को पेट-भर भोजन भी कठिनाई से मिलता था। इसमें उसके भतीजे पंडित बुद्धिराम का अपराध था अथवा उसकी अर्द्धांगिनी श्रीमती रूपा का, इसका निर्णय करना सहज नहीं। बुद्धिराम स्वभाव के सज्जन थे, किन्तु उसी समय तब जब कि उनके कोष पर कोई आंच न आए। रूपा स्वभाव से तीव्र थी सही, पर ईश्वर से डरती थी। अतएव बूढ़ी काकी को उसकी तीव्रता उतनी न खलती थी, जितनी बुद्धिराम की भलमनसाहत।

बुद्धिराम को कभी-कभी अपने अत्याचार का खेद होता था। विचारते कि इसी सम्पत्ति के कारण मैं इस समय भलामानुस बना बैठा हूं। यदि मौखिक आश्वासन और सूखी सहानुभूति से स्थिति में सुधार हो सकता हो तो उन्हें कदाचित कोई आपत्ति न होती, परन्तु विशेष व्यय का भय उनकी सुचेष्टा को दबाए रखता था। यहां तक कि यदि द्वार पर कोई भला आदमी बैठा होता और बूढ़ी काकी उस समय अपना राग अलापने लगतीं, तो वह आग हो जाते और घर में आकर उन्हें ज़ोर से डांटते। लड़कों को बूढ़ों से स्वाभाविक विद्वेष होता ही है और फिर जब माता-पिता का यह रंग देखते तो वे बूढ़ी काकी को और सताया करते। कोई चुटकी काटकर भागता, कोई इन पर पानी की कुल्ली कर देता! काकी चीख़ मारकर रोतीं, परन्तु यह बात प्रसिद्ध थी कि वह केवल खाने के लिए रोती हैं, अतएव उनके सन्ताप और आर्त्तनाद पर कोई ध्यान नहीं देता था। हां, काकी क्रोधातुर होकर बच्चों को गालियां देने लगतीं, तो रूपा घटनास्थल पर आ पहुंचती। इस समय भय से काकी अपनी जिह्वा-कृपाण का कदाचित ही प्रयोग करती थीं, यद्यपि उपद्रव-शान्ति का यह उपाय रोने से कहीं अधिक उपयुक्त था।

सम्पूर्ण परिवार में यदि काकी से किसी को अनुराग था, तो वह

बुद्धिराम की छोटी लड़की लाड़ली थी। लाड़ली अपने दोनों भाइयों के भय से अपने हिस्से की मिठाई-चबैना बूढ़ी काकी के पास बैठकर खाया करती थी। यही उसका रक्षागार था और यद्यपि काकी की शरण उनकी लोलुपता के कारण बहुत महंगी पड़ती थी, तथापि भाइयों के अन्याय से कहीं सुलभ थी। इसी स्वार्थानुकूलता ने उन दोनों में सहानुभूति का आरोपण कर दिया था।

रात का समय था। बुद्धिराम के द्वार पर शहनाई बज रही थी और गांव के बच्चों का झुंड विस्मयपूर्ण नेत्रों से गाने का रसास्वादन कर रहा था। चारपाइयों पर मेहमान विश्राम करते हुए नाइयों से मुक्कियां लगवा रहे थे। समीप ही खड़ा हुआ भाट विरदावली सुना रहा था और कुछ भावज्ञ मेहमानों की 'वाह, वाह' पर ऐसा खुश हो रहा था मानो इस वाह-वाह का यथार्थ में वही अधिकारी है। दो-एक अंग्रेज़ी पढ़े हुए नवयुवक इन व्यवहारों से उदासीन थे। वे इस गंवार मंडली में बोलना अथवा सम्मिलित होना अपनी प्रतिष्ठा के प्रतिकूल समझते थे।

आज बुद्धिराम के बड़े लड़के मुखराम का तिलक आया है। यह उसी का उत्सव है। घर के भीतर स्त्रियां गा रही थीं और रूपा मेहमानों के लिए भोजन के प्रबन्ध में व्यस्त थी। भट्ठियों पर कड़ाह चढ़ रहे थे। एक में पूड़ियां-कचौड़ियां निकल रही थीं, दूसरे में अन्य पकवान बनते थे। एक बड़े हंडे में मसालेदार तरकारी पक रही थी। घी और मसाले की क्षुधावर्द्धक सुगन्धि चारों ओर फैली हुई थी।

बूढ़ी काकी अपनी कोठरी में शोकमय विचार की भांति बैठी हुई

थीं। यह स्वाद मिश्रित सुगन्धि उन्हें बेचैन कर रही थी। वे मन-ही-मन विचार कर रही थीं, सम्भवतः मुझे पूड़ियां न मिलेंगी। इतनी देर हो गई, कोई भोजन लेकर नहीं आया। मालूम होता है, सब लोग भोजन कर चुके हैं। मेरे लिए कुछ न बचा। यह सोचकर उन्हें रोना आया; परन्तु अशकुन के भय से वह रो न सकीं।

'आहा! कैसी सुगन्धि है! अब मुझे कौन पूछता है? जब रोटियों ही के लाले पड़े हैं तब ऐसे भाग्य कहां कि भरपेट पूड़ियां मिलें?' यह विचार कर उन्हें रोना आया, कलेजे में हूक-सी उठने लगी। परन्तु रूपा के भय से उन्होंने फिर मौन धारण कर लिया।

बूढ़ी काकी देर तक इन्हीं दुखदायक विचारों में डूबी रहीं। घी और मसालों की सुगन्धि रह-रहकर मन को आपे से बाहर किए देती थी। मुंह में पानी भर-भर आता था। पूड़ियों का स्वाद स्मरण करके हृदय में गुदगुदी होने लगती थी। किसे पुकारूं, आज लाड़ली बेटी भी नहीं आई। दोनों छोकड़े सदा दिक किया करते हैं। आज उनका भी कहीं पता नहीं। कुछ मालूम तो होता कि क्या बन रहा है।

बूढ़ी काकी की कल्पना में पूड़ियों की तस्वीर नाचने लगी। खूब लाल-लाल, फूली-फूली, नरम-नरम होंगी। रूपा ने भली-भांति भोजन किया होगा। कचौड़ियों में अजवाइन और इलायची की महक आ रही होगी। एक पूड़ी मिलती तो ज़रा हाथ में लेकर देखती। क्यों न चलकर कड़ाह के सामने ही बैठूं। पूड़ियां छन-छन कर तैयार होंगी। कड़ाह से गरम-गरम निकालकर थाल में रखी जाती होंगी। फूल हम घर में भी सूंघ सकते हैं; परन्तु वाटिका में कुछ और बात होती है। इस प्रकार निर्णय करके बूढ़ी काकी उकड़ूं बैठकर हाथों के बल सरकती हुई बड़ी कठिनाई से चौखट से उतरी और धीरे-धीरे रेंगती हुई कड़ाह के पास

आ बैठीं। यहां आने पर उन्हें उतना ही धैर्य हुआ जितना भूखे कुत्ते को खाने वाले के सम्मुख बैठने में होता है।

रूपा उस समय कार्य-भार से उद्विग्न हो रही थी। कभी इस कोठे में जाती, कभी उस कोठे में, कभी कड़ाह के पास आती, कभी भंडार में जाती। किसी ने बाहर से आकर कहा – 'महाराज ठंडाई मांग रहे हैं।' ठंडाई देने लगी। इतने में फिर किसी ने आकर कहा – 'भाट आया है, उसे कुछ दे दो।' भाट के लिए सीधा निकाल रही थी कि एक तीसरे आदमी ने आकर पूछा – 'अभी भोजन तैयार होने में कितना विलम्ब है? ज़रा ढोल, मजीरा उतार दो।' बेचारी अकेली स्त्री दौड़ते-दौड़ते व्याकुल हो रही थी; झुंझलाती थी, कुढ़ती थी, परन्तु क्रोध प्रकट करने का अवसर न पाती थी। भय होता, कहीं पड़ोसिनें यह न कहने लगे कि इतने में उबल पड़ीं। प्यास से स्वयं कंठ सूख रहा था। गर्मी

के मारे फुंकी जाती थी, परन्तु इतना अवकाश भी नहीं था कि ज़रा पानी पी ले अथवा पंखा लेकर झले। यह भी खटका था कि ज़रा आंख हटी और चीज़ों की लूट मची। इस अवस्था में उसने बूढ़ी काकी को कड़ाह के पास बैठी देखा तो जल गई। क्रोध न रुक सका। इसका भी ध्यान न रहा कि पड़ोसिनें बैठी हुई हैं, मन में क्या कहेंगी, पुरुषों में लोग सुनेंगे तो क्या कहेंगे! जिस प्रकार मेढक केचुए पर झपटता है, उसी प्रकार वह बूढ़ी काकी पर झपटी और दोनों हाथों से झटककर बोली – ऐसे पेट में आग लगे, पेट है या भाड़? कोठरी में बैठते हुए क्या दम घुटता था? अभी मेहमानों ने नहीं खाया, भगवान को भोग नहीं लगा, तब तक धैर्य न हो सका? आकर छाती पर सवार हो गई। जल जाए ऐसी जीभ। दिन-भर खाती न होती, तो न जाने किसकी हांड़ी में मुंह डालती? गांव देखेगा तो कहेगा कि बुढ़िया भरपेट खाने को नहीं पाती तभी तो इस तरह मुंह-बाए फिरती है। डायन न मरे, न मांचा छोड़े। नाम बेचने पर लगी है। नाक कटवाकर दम लेगी। इतनी ठूंसती है, न जाने कहां भस्म हो जाता है। भला चाहती हो तो जाकर कोठरी में बैठो, जब घर के लोग खाने लगेंगे तब तुम्हें भी मिलेगा। तुम कोई देवी नहीं हो कि चाहे किसी के मुंह में पानी न जाए, परन्तु तुम्हारी पूजा पहले ही हो जाए।

बूढ़ी काकी ने सिर उठाया; न रोईं, न बोलीं। चुपचाप रेंगती हुई अपनी कोठरी में चली गईं। आवाज़ ऐसी कठोर थी कि हृदय और मस्तिष्क की सम्पूर्ण शक्तियां, सम्पूर्ण विचार और सम्पूर्ण भार उसी ओर आकर्षित हो गए थे। नदी में जब कगार का कोई वृहद खंड कटकर गिरता है, तो आस-पास का जलसमूह चारों ओर उसी स्थान को पूरा करने के लिए दौड़ता है।

भोजन तैयार हो गया है। आंगन में पत्तलें पड़ गईं, मेहमान खाने लगे। स्त्रियों ने जेवनार-गीत गाना आरम्भ कर दिया। मेहमानों के नाई और सेवकगण भी उसी मंडली के साथ किन्तु कुछ हटकर भोजन करने बैठे थे, परन्तु सभ्यतानुसार जब तक सबके-सब खा न चुकें, कोई उठ नहीं सकता था। दो-एक मेहमान जो कुछ पढ़े-लिखे थे, सेवकों के दीर्घाहार पर झुंझला रहे थे। वे इस बन्धन को व्यर्थ और बे-सिर-पैर की बात समझते थे।

बूढ़ी काकी अपनी कोठरी में जाकर पश्चात्ताप कर रही थीं कि मैं कहां से वहां गई। उन्हें रूपा पर क्रोध नहीं था। अपनी जल्दबाज़ी पर दुख था। सच ही तो है, जब तक मेहमान लोग भोजन न कर चुकेंगे, घर वाले कैसे खाएंगे? मुझसे इतनी देर भी न रहा गया। सबके सामने पानी उतर गया। अब जब तक कोई बुलाने न आएगा, न जाऊंगी।

मन-ही-मन इसी प्रकार का विचार कर वह बुलाने की प्रतीक्षा करने लगीं। परन्तु घी की रुचिकर सुबास बड़ी धैर्य-परीक्षक प्रतीत हो रही थी। उन्हें एक-एक पल एक-एक युग के समान मालूम होता था। अब पत्तल बिछ गई होंगी, अब मेहमान आ गए होंगे, लोग हाथ-पैर धो रहे हैं, नाई पानी दे रहा है। मालूम होता है लोग खाने बैठ गए। जेवनार गाया जा रहा है, यह विचार कर वह मन को बहलाने के लिए लेट गईं। धीरे-धीरे एक गीत गुनगुनाने लगीं। उन्हें मालूम हुआ कि मुझे गाते देर हो गई। क्या इतनी देर तक लोग भोजन कर ही रहे होंगे! किसी की आवाज़ नहीं सुनाई देती। अवश्य ही लोग खा-पीकर चले गए। मुझे कोई बुलाने नहीं आया। रूपा चिढ़ गई है, क्या जाने न बुलाए। सोचती हो कि आप ही आवेंगी, वह कोई मेहमान तो नहीं

जो उन्हें बुलाऊं। बूढ़ी काकी चलने के लिए तैयार हुईं। यह विश्वास कि एक मिनट में पूड़ियां और मसालेदार तरकारियां सामने आएंगी, उनकी स्वादेन्द्रियों को गुदगुदाने लगा। उन्होंने मन में तरह-तरह के मंसूबे बांधे – पहले तरकारी से पूड़ियां खाऊंगी, फिर दही और शक्कर से, कचौरियां रायते के साथ मज़ेदार मालूम होंगी। चाहे कोई बुरा माने चाहे भला, मैं तो मांग-मांगकर खाऊंगी। यही न लोग कहेंगे कि इन्हें विचार नहीं? कहा करें, इतने दिन बाद पूड़ियां मिल रही हैं तो मुंह जूठा करके थोड़े ही उठ जाऊंगी?

वह उकड़ूं बैठकर हाथों के बल सरकती हुई आंगन में आईं। परन्तु हाय दुर्भाग्य! अभिलाषा ने अपने पुराने स्वभाव के अनुसार समय की मिथ्या कल्पना की थी। मेहमान मंडली अभी बैठी हुई थी। कोई खाकर उंगलियां चाटता था, कोई तिरछे नेत्रों से देखता था कि और लोग अभी खा रहे हैं या नहीं। कोई इस चिन्ता में था कि पत्तल पर पूड़ियां छूट जाती हैं किसी तरह इन्हें भीतर रख लेता। कोई दही खाकर जीभ चटकारता था, परन्तु दूसरा दोना मांगते संकोच करता था कि इतने में बूढ़ी काकी रेंगती हुई उनके बीच में आ पहुंची। कई आदमी चौंककर उठ खड़े हुए। पुकारने लगे – अरे यह बुढ़िया कौन है? यह कहां से आ गई? देखो किसी को छू न दे।

पंडित बुद्धिराम काकी को देखते ही क्रोध से तिलमिला गए। पूड़ियों का थाल लिये खड़े थे। थाल को ज़मीन पर पटक दिया और जिस प्रकार निर्दयी महाजन अपने किसी बेईमान और भगोड़े क़र्ज़दार को देखते ही झपटकर उसका टेटुआ पकड़ लेता है, उसी तरह लपककर उन्होंने काकी के दोनों हाथ पकड़े और घसीटते हुए लाकर उन्हें अंधेरी कोठरी में धम से पटक दिया। आशा रूपी वाटिका लू के एक झोंके में

नष्ट-विनष्ट हो गई।

मेहमानों ने भोजन किया। घर वालों ने भोजन किया। बाजे वाले, धोबी, चमार भी भोजन कर चुके, परन्तु बूढ़ी काकी को किसी ने न पूछा। बुद्धिराम और रूपा दोनों ही बूढ़ी काकी को उनकी निर्लज्जता के लिए दंड देने का निश्चय कर चुके थे। उनके बुढ़ापे पर, दीनता पर, हतज्ञान पर किसी को करुणा न आई थी। अकेली लाड़ली उनके लिए कुढ़ रही थी।

लाड़ली को काकी से अत्यन्त प्रेम था। बेचारी भोली लड़की थी। बाल-विनोद और चंचलता की उसमें गन्ध तक न थी। दोनों बार जब उसके माता-पिता ने काकी को निर्दयता से घसीटा, तो लाड़ली का हृदय ऐंठकर रह गया। वह झुंझला रही थी कि ये लोग काकी को क्यों बहुत-सी पूड़ियां नहीं दे देते? क्या मेहमान सबकी-सब खा जाएंगे? और यदि काकी ने मेहमानों से पहले खा लिया, तो क्या बिगड़ जाएगा? वह काकी के पास जाकर उन्हें धैर्य देना चाहती थी, परन्तु माता के भय से न जाती थी। उसने अपने हिस्से की पूड़ियां बिल्कुल न खाई थीं। अपनी गुड़ियों की पिटारी में बन्द कर रक्खी थीं। वह उन पूड़ियों को काकी के पास ले जाना चाहती थी। उसका हृदय अधीर हो रहा था। बूढ़ी काकी मेरी बात सुनते ही उठ बैठेंगी, पूड़ियां देखकर कैसी प्रसन्न होंगी! मुझे ख़ूब प्यार करेंगी!

रात के ग्यारह बज गए थे। रूपा आंगन में पड़ी सो रही थी। लाड़ली की आंखों में नींद न आती थी। काकी को पूड़ियां खिलाने की खुशी

उसे सोने न देती थी। उसने गुड़ियों की पिटारी सामने ही रखी थी। जब विश्वास हो गया कि अम्मां सो रही हैं, तो वह चुपके से उठी और विचारने लगी, कैसे चलूं, चारों ओर अंधेरा था। केवल चूल्हों में आग चमक रही थी और चूल्हों के पास एक कुत्ता लेटा हुआ था। लाड़ली की दृष्टि द्वार के सामने वाले नीम की ओर गई। उसे मालूम हुआ कि उस पर हनुमान जी बैठे हुए हैं। उनकी पूंछ, उनकी गदा, सब स्पष्ट दिखाई दे रही है। मारे भय के उसने आंखें बन्द कर लीं। इतने में कुत्ता उठ बैठा, लाड़ली को ढाढ़स हुआ। कई सोये हुए मनुष्यों के बदले एक जागता हुआ कुत्ता उसके लिए अधिक धैर्य का कारण हुआ। उसने पटारी उठाई और बूढ़ी काकी की कोठरी की ओर चली।

बूढ़ी काकी को केवल इतना स्मरण था कि किसी ने मेरे हाथ पकड़कर घसीटे, फिर ऐसा मालूम हुआ कि जैसे कोई पहाड़ पर उड़ाए लिये जाता है। उनके पैर बार-बार पत्थरों से टकराए, तब किसी ने उन्हें पहाड़ पर से पटका, वे मूर्च्छित हो गईं।

जब वे सचेत हुईं तो किसी की ज़रा भी आहट न मिलती थी। समझीं कि सब लोग खा-पीकर सो गए और उनके साथ मेरी तकदीर भी सो गई। रात कैसे कटेगी? राम! क्या खाऊं? पेट में अग्नि धधक रही है। हा! किसी ने मेरी सुधि न ली! क्या मेरा पेट काटने से धन जुड़ जाएगा? इन लोगों को इतनी भी दया नहीं आती कि न जाने बुढ़िया कब मर जाए? उसका जी क्यों दुखावें? मैं पेट की रोटियां ही खाती हूं कि और कुछ? इस पर यह हाल। मैं अन्धी अपाहिज ठहरी, न कुछ

सुनूं, न बूझूं। यदि आंगन में चली गई तो क्या बुद्धिराम से इतना कहते न बनता था कि काकी, अभी लोग खा रहे हैं, फिर आना। मुझे घसीटा, पटका। उन्हीं पूड़ियों के लिए रूपा ने सबके सामने गालियां दीं। उन्हीं पूड़ियों के लिए इतनी दुर्गति करने पर भी उनका पत्थर का कलेजा न पसीजा। सबको खिलाया, मेरी बात तक न पूछी। जब तब ही न दीं, तो अब क्या देंगे?

यह विचार कर काकी निराशामय सन्तोष के साथ लेट गईं। ग्लानि से गला भर-भर आता था, परन्तु मेहमानों के भय से रोती न थीं।

सहसा उनके कानों में आवाज़ आई – 'काकी, उठो; मैं पूड़ियां लाई हूं।' काकी ने लाड़ली की बोली पहचानी। चटपट उठ बैठीं। दोनों हाथों से लाड़ली को टटोला और उसे गोद में बैठा लिया। लाड़ली ने पूड़ियां निकालकर दीं।

काकी ने पूछा – क्या तुम्हारी अम्मां ने दी हैं?

लाड़ली ने कहा – नहीं, यह मेरे हिस्से की हैं।

काकी पूड़ियों पर टूट पड़ीं। पांच मिनट में पिटारी ख़ाली हो गई। लाड़ली ने पूछा – काकी, पेट भर गया?

जैसे थोड़ी-सी वर्षा ठंडक के स्थान पर और भी गर्मी पैदा कर देती है, उसी भांति इन थोड़ी पूड़ियों ने काकी की क्षुधा और इच्छा को और उत्तेजित कर दिया था। बोली – नहीं बेटी, जाकर अम्मां से और मांग लाओ।

लाड़ली ने कहा – अम्मां सोती हैं, जगाऊंगी, तो मारेंगी।

काकी ने पिटारी को फिर टटोला। उसमें कुछ खुर्चन गिरे थे।

उन्हें निकालकर वह खा गईं। बार-बार होंठ चाटती थीं, चटखारे भरती थीं।

हृदय मसोस रहा था कि और पूड़ियां कैसे पाऊं? सन्तोष-सेतु जब टूट जाता है, तब इच्छा का बहाव अपरिमित हो जाता है। मतवाली को मद का स्मरण करना उन्हें मदान्ध बनाता है। काकी का अधीर मन इच्छा के प्रबल प्रवाह में बह गया। उचित और अनुचित का विचार जाता रहा। वे कुछ देर उस इच्छा को रोकती रहीं। सहसा लाड़ली से बोलीं – मेरा हाथ पकड़कर वहां ले चलो, जहां मेहमानों ने बैठकर भोजन किया है।

लाड़ली उनका अभिप्राय समझ न सकी। उसने काकी का हाथ पकड़ा और ले जाकर जूठी पत्तलों के पास बैठा दिया। दीन, क्षुधातुर, हत-ज्ञान बुढ़िया पत्तलों से पूड़ियों के टुकड़े चुन-चुनकर भक्षण करने लगीं। ओह, दही कितना स्वादिष्ट था, कचौड़ियां कितनी सलोनी, खस्ता कितने सुकोमल ! काकी बुद्धिहीन होते हुए भी इतना जानती थीं कि मैं वह काम कर रही हूं, जो मुझे कदापि न करना चाहिए। मैं दूसरों की जूठी पत्तल चाट रही हूं। परन्तु बुढ़ापा तृष्णा रोग का अन्तिम समय है, जब सम्पूर्ण इच्छाएं एक ही केन्द्र पर आ लगती हैं। बूढ़ी काकी में यह केन्द्र उनकी स्वादेन्द्रिय थी।

ठीक उसी समय रूपा की आंखें खुलीं। उसे मालूम हुआ कि लाड़ली मेरे पास नहीं है। वह चौंकी, चारपाई के इधर-उधर ताकने लगी कि कहीं नीचे तो नहीं गिर पड़ी। उसे वहां न पाकर वह उठी, तो क्या देखती है कि लाड़ली जूठी पत्तलों के पास चुपचाप खड़ी है और बूढ़ी काकी पत्तलों पर से पूड़ियों के टुकड़े उठा-उठाकर खा रही हैं। रूपा का हृदय सन्न रह गया। किसी गाय की गर्दन पर छुरी चलते देखकर जो अवस्था उसकी होती, वही उस समय हुई।

एक ब्राह्मणी दूसरों की जूठी पत्तल टटोले, इससे अधिक शोकमय दृश्य असम्भव था। पूड़ियों के कुछ ग्रासों के लिए उसकी चचेरी सास ऐसा पतित और निकृष्ट कर्म कर रही है। यह वह दृश्य था जिसे देखकर देखने वालों के हृदय कांप उठते हैं। ऐसा प्रतीत होता मानो ज़मीन रुक गई, आसमान चक्कर खा रहा है। संसार पर कोई आपत्ति आने वाली है। रूपा को क्रोध न आया। शोक के सम्मुख क्रोध कहां? करुणा और भय से उसकी आंखें भर आईं। इस अधर्म के पाप का भागी कौन है? उसने सच्चे हृदय से गगन-मंडल की ओर हाथ उठाकर कहा – परमात्मा, मेरे बच्चों पर दया करो। इस अधर्म का दंड मुझे मत दो, नहीं तो मेरा सत्यानाश हो जाएगा।

रूपा को अपनी स्वार्थपरता और अन्याय इस प्रकार प्रत्यक्ष रूप में कभी न देख पड़े थे। वह सोचने लगी – हाय! कितनी निर्दय हूं। जिसकी सम्पत्ति से मुझे दो सौ रुपया वार्षिक आय हो रही है, उसकी यह दुर्गति! और मेरे कारण! हे दयामय भगवान! मुझसे बड़ी भारी चूक हुई है, मुझे क्षमा करो। आज मेरे बेटे का तिलक था। सैकड़ों मनुष्यों ने भोजन पाया। मैं उनके इशारों की दासी बनी रही। अपने नाम के लिए सैकड़ों रुपये व्यय कर दिए; परन्तु जिसकी बदौलत हज़ारों खाएं, उसे इस उत्सव में भी भरपेट भोजन न दे सकी? केवल इसी कारण तो, वह वृद्धा असहाय है।

रूपा ने दीया जलाया, अपने भंडार का द्वार खोला और एक थाली में सम्पूर्ण सामग्रियां सजाकर लिये हुए बूढ़ी काकी की ओर चली।

आधी रात जा चुकी थी, आकाश पर तारों के थाल सजे हुए थे और उन पर बैठे हुए देवगण स्वर्गीय पदार्थ खा रहे थे, परन्तु उनमें किसी को वह परमानन्द प्राप्त न हो सकता था, जो बूढ़ी काकी को

अपने सम्मुख थाल देखकर प्राप्त हुआ। रूपा ने कंठावरुद्ध स्वर में कहा – काकी, उठो भोजन कर लो। मुझसे आज बड़ी भूल हुई, उसका बुरा न मानना। परमात्मा से प्रार्थना कर दो कि वह मेरा अपराध क्षमा कर दें।

भोले-भाले बच्चों की भांति, जो मिठाइयां पाकर मार और तिरस्कार सब भूल जाता है, बूढ़ी काकी वैसे ही सब भुलाकर बैठी हुई खाना खा रही थीं। उनके एक-एक रोएं से सच्ची सदिच्छाएं निकल रही थीं और रूपा बैठी इस स्वर्गीय दृश्य का आनन्द लेने में निमग्न थी।

पंच-परमेश्वर

जुम्मन शेख़ और अलगू चौधरी में गाढ़ी मित्रता थी। साझे में खेती होती थी। कुछ लेन-देन में भी साझा था। एक को दूसरे पर अटल विश्वास था। जुम्मन जब हज करने गए थे, तब अपना घर अलगू को सौंप गए थे और अलगू जब कभी बाहर जाते, तो जुम्मन पर अपना घर छोड़ देते थे। उनमें न खान-पान का व्यवहार था, न धर्म का नाता, केवल विचार मिलते थे। मित्रता का मूलमन्त्र भी यही है।

इस मित्रता का जन्म उसी समय हुआ, जब दोनों मित्र बालक थे; और जुम्मन के पूज्य पिता, जुमराती, उन्हें शिक्षा प्रदान करते थे। अलगू ने गुरु जी की बहुत सेवा की थी, ख़ूब रकाबियां मांजी, ख़ूब प्याले धोए। उनका हुक़्क़ा एक क्षण के लिए भी विश्राम न लेने पाता था, क्योंकि प्रत्येक चिलम अलगू को आध घंटे तक किताबों से अलग कर देती थी। अलगू के पिता पुराने विचारों के मनुष्य थे। उन्हें शिक्षा की अपेक्षा गुरु की सेवा-शुश्रूषा पर अधिक विश्वास था। वह कहते थे कि विद्या पढ़ने से नहीं आती; जो कुछ होता है, गुरु के आशीर्वाद से।

बस, गुरु जी की कृपा-दृष्टि चाहिए। अतएव यदि अलगू पर जुमराती शेख के आशीर्वाद अथवा सत्संग का कुछ फल न हुआ, तो यह मानकर सन्तोष कर लेगा कि विद्योपार्जन में मैंने यथाशक्ति कोई बात उठा नहीं रखी, विद्या उसके भाग्य ही में न थी, तो कैसे आती?

मगर जुमराती शेख़ स्वयं आशीर्वाद के क़ायल न थे। उन्हें अपने सोंटे पर अधिक भरोसा था और उसी सोंटे के प्रताप से आज आस-पास के गांवों में जुम्मन की पूजा होती थी। उनके लिखे हुए रेहननामे या बैनामे पर कचहरी का मुहर्रिर भी क़लम न उठा सकता था। हलके का डाकिया, कांस्टेबिल और तहसील का चपरासी – सब उनकी कृपा की आकांक्षा रखते थे। अतएव अलगू का मान उनके धन के कारण था, तो जुम्मन शेख़ अपनी अनमोल विद्या से ही सबके आदरपात्र बने थे।

जुम्मन शेख की एक बूढ़ी ख़ाला (मौसी) थी। उसके पास कुछ थोड़ी-सी मिल्कियत थी; परन्तु उसके निकट सम्बन्धियों में कोई न था। जुम्मन ने लम्बे-चौड़े वादे करके वह मिल्कियत अपने नाम लिखवा ली थी। जब तक दानपत्र की रजिस्ट्री न हुई थी, तब तक ख़ालाजान का ख़ूब आदर-सत्कार किया गया। उन्हें खूब स्वादिष्ट पदार्थ खिलाए गए। हलवे-पुलाव की वर्षा-सी की गई; पर रजिस्ट्री की मोहर ने इन ख़ातिरदारियों पर भी मानो मुहर लगा दी। जुम्मन की पत्नी करीमन रोटियों के साथ कड़वी बातों के कुछ तेज़, तीखे सालन भी देने लगी। जुम्मन शेख़ भी निठुर हो गए। अब बेचारी ख़ालाजान को प्रातः नित्य ही ऐसी बातें सुननी पड़ती थीं –

'बुढ़िया न जाने कब तक जिएगी। दो-तीन बीघे ऊसर क्या दे दिया, मानो मोल ले लिया है! बघारी दाल के बिना रोटियां नहीं उतरतीं। जितना रुपया इसके पेट में झोंक चुके, उतने से तो अब तक गांव मोल ले लेते।'

कुछ दिन ख़ालाजान ने सुना और सहा; पर जब न सहा गया तब जुम्मन से शिकायत की। जुम्मन ने स्थानीय कर्मचारी – गृहस्वामी – के प्रबन्ध में दख़ल देना उचित न समझा। कुछ दिन तक और यों ही रो-धोकर काम चलता रहा। अन्त में एक दिन ख़ाला ने जुम्मन से कहा – बेटा! तुम्हारे साथ मेरा निर्वाह न होगा। तुम मुझे रुपये दे दिया करो, मैं अपना पका-खा लूंगी। जुम्मन ने धृष्टता के साथ उत्तर दिया – रुपये क्या यहां फलते हैं?

ख़ाला ने नम्रता से कहा – मुझे कुछ रूखा-सूखा चाहिए भी कि नहीं?

जुम्मन ने गम्भीर स्वर से जवाब दिया – तो कोई यह थोड़े ही समझा था कि तुम मौत से लड़कर आई हो?

ख़ाला बिगड़ गईं, उन्होंने पंचायत करने की धमकी दी। जुम्मन हंसे, जिस तरह कोई शिकारी हिरन को जाल की तरफ़ आते देखकर मन-ही-मन हंसता है। वह बोले – हां, ज़रूर पंचायत करो। फ़ैसला हो जाए। मुझे भी यह रात-दिन की खटखट पसन्द नहीं।

पंचायत में किसकी जीत होगी, इस विषय में जुम्मन को कुछ भी सन्देह न था। आस-पास के गांवों में ऐसा कौन था, जो उसके अनुग्रहों का ऋणी न हो; ऐसा कौन था, जो उसको शत्रु बनाने का साहस कर सके? किसमें इतना बल था, जो उसका सामना कर सके? आसमान के फ़रिश्ते तो पंचायत करने आवेंगे ही नहीं।

इसके बाद कई दिन तक बूढ़ी ख़ाला हाथ में एक लकड़ी लिये आस-पास के गांवों में दौड़ती रही। कमर झुककर कमान हो गई थी। एक-एक पग चलना दूभर था; मगर बात आ पड़ी थी। उसका निर्णय करना ज़रूरी था।

बिरला ही कोई भला आदमी होगा, जिसके सामने बुढ़िया ने दुख के आंसू न बहाए हों। किसी ने तो यों ही ऊपरी मन से हूं-हां करके टाल दिया और किसी ने इस अन्याय पर ज़माने को गालियां दीं! कहा – क़ब्र में पांव लटके हुए हैं, आज मरे, कल दूसरा दिन; पर हवस नहीं मानती। अब तुम्हें क्या चाहिए? रोटी खाओ और अल्लाह का नाम लो। तुम्हें अब खेती-बारी से क्या काम है? कुछ ऐसे सज्जन भी थे, जिन्हें हास्य-रस के रसास्वादन का अच्छा अवसर मिला। झुकी हुई कमर, पोपला मुंह, सन के-से बाल इतनी सामग्री एकत्र हों, तब हंसी क्यों न आवे? ऐसे न्यायप्रिय, दयालु, दीन-वत्सल पुरुष बहुत कम थे, जिन्होंने उस अबला के दुखड़े को गौर से सुना हो और उसको सान्त्वना दी हो। चारों ओर से घूम-घामकर बेचारी अलगू चौधरी के पास आई। लाठी पटक दी और दम लेकर बोली – बेटा, तुम भी दम-भर के लिए मेरी पंचायत में चले आना।

अलगू – मुझे बुलाकर क्या करोगी? कई गांव के आदमी तो आवेंगे ही।

ख़ाला – अपनी विपद तो सबके आगे रो आई। अब आने, न आने का अख़्तियार उनको है।

अलगू – यों आने को आ जाऊंगा; मगर पंचायत में मुंह न खोलूंगा।

ख़ाला - क्यों बेटा?

अलगू – अब इसका क्या जवाब दूं? अपनी ख़ुशी। जुम्मन मेरा पुराना मित्र है। उससे बिगाड़ नहीं कर सकता।

ख़ाला – बेटा, क्या बिगाड़ के डर से ईमान की बात न कहोगे?

हमारे सोये हुए धर्म-ज्ञान की सारी सम्पत्ति लुट जाए, तो उसे ख़बर नहीं होती, परन्तु ललकार सुनकर वह सचेत हो जाता है। फिर उसे कोई जीत नहीं सकता। अलगू इस सवाल का कोई उत्तर न दे सका, पर उसके हृदय में ये शब्द गूंज रहे थे –

'क्या बिगाड़ के डर से ईमान की बात न कहोगे?'

सन्ध्या समय एक पेड़ के नीचे पंचायत बैठी। शेख़ जुम्मन ने पहले से ही फ़र्श बिछा रखा था। उन्होंने पान, इलायची, हुक़्क़े-तम्बाकू आदि का प्रबन्ध भी किया था। हां, वह स्वयं अलबत्ता अलगू चौधरी के साथ ज़रा दूर पर बैठे हुए थे। जब पंचायत में कोई आ जाता था, तब दबे हुए सलाम से उसका स्वागत करते थे। जब सूर्य अस्त हो गया और चिड़ियों की कलरवयुक्त पंचायत पेड़ों पर बैठी, तब यहां भी पंचायत शुरू हुई। फ़र्श की एक-एक अंगुल ज़मीन भर गई; पर अधिकांश दर्शक ही थे। निमन्त्रित महाशयों में से केवल वे ही लोग पधारे थे, जिन्हें जुम्मन से अपनी कुछ कसर निकालनी थी। एक कोने में आग सुलग रही थी। नाई ताबड़तोड़ चिलम भर रहा था। यह निर्णय करना असम्भव था कि सुलगते हुए उपलों से अधिक धुआं निकलता था या चिलम के दमों से। लड़के इधर-उधर दौड़ रहे थे। कोई आपस में गाली-गलौज करते और कोई रोते थे। चारों तरफ़

कोलाहल मच रहा था। गांव के कुत्ते इस जमाव को भोज समझकर झुंड-के-झुंड जमा हो गए थे।

पंच लोग बैठ गए, तो बूढ़ी ख़ाला ने उनसे विनती की –

'पंचो, आज तीन साल हुए, मैंने अपनी सारी जायदाद अपने भानजे जुम्मन के नाम लिख दी थी। इसे आप लोग जानते ही होंगे। जुम्मन ने मुझे ता-हयात रोटी-कपड़ा देना क़बूल किया। साल-भर तो मैंने इसके साथ रो-धोकर काटा। पर अब रात-दिन का रोना नहीं सहा जाता। मुझे न पेट की रोटी मिलती है, न तन का कपड़ा। बेकस बेवा हूं। कचहरी-दरबार नहीं कर सकती। तुम्हारे सिवा और किसको अपना दुख सुनाऊं? तुम लोग जो राह निकाल दो, उसी राह पर चलूं। अगर मुझमें कोई ऐब देखो, तो मेरे मुंह पर थप्पड़ मारो। जुम्मन में बुराई देखो, तो उसे समझाओ, क्यों एक बेकस की आह लेता है! मैं पंचों का हुक्म सिर-माथे पर चढ़ाऊंगी।'

रामधन मिश्र, जिनके कई असामियों को जुम्मन ने अपने गांव में बसा लिया था, बोले – जुम्मन मियां, किसे पंच बदते हो? अभी से इसका निपटारा कर लो। फिर जो कुछ पंच कहेंगे, वही मानना पड़ेगा।

जुम्मन को इस समय सदस्यों में विशेषकर वे ही लोग दीख पड़े, जिनसे किसी-न-किसी कारण उनका वैमनस्य था। जुम्मन बोले – पंचों का हुक्म अल्लाह का हुक्म है। ख़ालाजान जिसे चाहें, उसे बदें। मुझे कोई उज़्र नहीं।

ख़ाला ने चिल्लाकर कहा – अरे अल्लाह के बन्दे! पंचों का नाम क्यों नहीं बता देता? कुछ मुझे भी तो मालूम हो।

जुम्मन ने क्रोध से कहा – अब इस वक़्त मेरा मुंह न खुलवाओ।

तुम्हारी बन पड़ी है, जिसे चाहो, पंच बदो।

ख़ालाजान जुम्मन के आक्षेप को समझ गईं, वह बोली – बेटा, खुदा से डरो। पंच न किसी के दोस्त होते हैं, न किसी के दुश्मन, कैसी बात करते हो! और तुम्हारा किसी पर विश्वास न हो, तो जाने दो; अलगू चौधरी को तो मानते हो? लो, मैं उन्हीं को सरपंच बदती हूं।

जुम्मन शेख़ आनन्द से फूल उठे, परन्तु भावों को छिपाकर बोले – अलगू ही सही, मेरे लिए जैसे रामधन वैसे अलगू।

अलगू इस झमेले में फंसना नहीं चाहते थे। वे कन्नी काटने लगे। बोले – ख़ाला, तुम जानती हो कि मेरी जुम्मन से गाढ़ी दोस्ती है।

ख़ाला ने गम्भीर स्वर में कहा – बेटा, दोस्ती के लिए कोई अपना ईमान नहीं बेचता। पंच के दिल में ख़ुदा बसता है। पंचों के मुंह से जो बात निकलती है, वह ख़ुदा की तरफ़ से निकलती है।

अलगू चौधरी सरपंच हुए। रामधन मिश्र और जुम्मन के दूसरे विरोधियों ने बुढ़िया को मन में बहुत कोसा।

अलगू चौधरी बोले – शेख़ जुम्मन! हम और तुम पुराने दोस्त हैं! जब काम पड़ा, तुमने हमारी मदद की है और हम भी जो कुछ बन पड़ा, तुम्हारी सेवा करते रहे हैं, मगर इस समय तुम और बूढ़ी ख़ाला, दोनों हमारी निगाह में बराबर हो। तुमको पंचों से जो कुछ अर्ज़ करनी हो, करो।

जुम्मन को पूरा विश्वास था कि अब बाज़ी मेरी है। अलगू यह सब दिखावे की बातें कर रहा है। अतएव शान्तचित्त होकर बोले – पंचो, तीन साल हुए ख़ालाजान ने अपनी जायदाद मेरे नाम हिब्बा कर दी थी। मैंने उन्हें ता-हयात खाना-कपड़ा देना क़बूल किया था। ख़ुदा गवाह है, आज तक मैंने ख़ालाजान को कोई तकलीफ़ नहीं दी।

मैं उन्हें अपनी मां के समान समझता हूं। उनकी ख़िदमत करना मेरा फ़र्ज़ है; मगर औरतों में ज़रा अनबन रहती है, इसमें मेरा क्या बस है? ख़ालाजान मुझसे माहवार ख़र्च अलग मांगती हैं। जायदाद जितनी है; वह पंचों से छिपी नहीं। उससे इतना मुनाफ़ा नहीं होता है कि माहवार ख़र्च दे सकूँ। इसके अलावा हिब्बानामे में माहवार ख़र्च का कोई ज़िक्र नहीं। नहीं तो मैं भूलकर भी इस झमेले में न पड़ता। बस, मुझे यही कहना है। आइन्दा पंचों को अख्तियार है, जो फ़ैसला चाहें, करें।

अलगू चौधरी को हमेशा कचहरी में काम पड़ता था। अतएव वह पूरा क़ानूनी आदमी था। उसने जुम्मन से जिरह शुरू की। एक-एक प्रश्न जुम्मन के हृदय पर हथौड़े की चोट की तरह पड़ता था। रामधन मिश्र इन प्रश्नों पर मुग्ध हुए जाते थे। जुम्मन चकित थे कि अलगू को क्या हो गया! अभी यह अलगू मेरे साथ बैठा हुआ कैसी-कैसी बातें कर रहा था! इतनी ही देर में ऐसी कायापलट हो गई कि मेरी जड़ खोदने पर तुला हुआ है। न मालूम कब की कसर यह निकाल रहा है? क्या इतने दिनों की दोस्ती कुछ भी काम न आवेगी?

जुम्मन शेख तो इसी संकल्प-विकल्प में पड़े हुए थे कि इतने में अलगू ने फ़ैसला सुनाया – 'जुम्मन शेख! पंचों ने इस मामले पर विचार किया। उन्हें यह नीतिसंगत मालूम होता है कि ख़ालाजान को माहवार ख़र्च दिया जाए। हमारा विचार है कि ख़ाला की जायदाद से इतना मुनाफ़ा अवश्य होता है कि माहवार ख़र्च दिया जा सके। बस, यही हमारा फ़ैसला है। अगर जुम्मन को ख़र्च देना मंजूर न हो, तो हिब्बानामा रद्द समझा जाए।'

यह फैसला सुनते ही जुम्मन सन्नाटे में आ गए। जो अपना मित्र हो, वह शत्रु का व्यवहार करे और गले पर छुरी फेरे, इसे समय के

हेर-फेर के सिवा और क्या कहें? जिस पर पूरा भरोसा था, उसने समय पड़ने पर धोखा दिया। ऐसे ही अवसरों पर झूठे-सच्चे मित्रों की परीक्षा की जाती है। यही कलियुग की दोस्ती है। अगर लोग ऐसे कपटी-धोखेबाज़ न होते, तो देश में आपत्तियों का प्रकोप क्यों होता? यह हैज़ा-प्लेग आदि व्याधियां दुष्कर्मों के ही दंड हैं।

मगर रामधन मिश्र और अन्य पंच अलगू चौधरी की इस नीति-परायणता की प्रशंसा जी खोलकर कर रहे थे। वे कहते थे – इसका नाम पंचायत है! दूध-का-दूध और पानी-का-पानी कर दिया। दोस्ती, दोस्ती की जगह है, किन्तु धर्म का पालन करना मुख्य है। ऐसे ही सत्यवादियों के बल पर पृथ्वी ठहरी है, नहीं तो वह कब की रसातल को चली जाती।

इस फ़ैसले ने अलगू और जुम्मन की दोस्ती की जड़ हिला दी। अब वे साथ-साथ बातें करते नहीं दिखाई देते। इतना पुराना मित्रता-रूपी वृक्ष सत्य का एक झोंका भी न रह सका। सचमुच यह बालू की ही ज़मीन पर खड़ा था।

उनमें अब शिष्टाचार का अधिक व्यवहार होने लगा। एक-दूसरे की आवभगत ज़्यादा करने लगा। वे मिलते-जुलते थे, मगर उसी तरह जैसे तलवार से ढाल मिलती है।

जुम्मन के चित्त में मित्र की कुटिलता आठों पहर खटका करती थी। उसे हर घड़ी यह चिन्ता रहती थी कि किसी तरह बदला लेने का अवसर मिले।

अच्छे कामों की सिद्धि में बड़ी देर लगती है; पर बुरे कामों की सिद्धि में यह बात नहीं होती; जुम्मन को भी बदला लेने का अवसर जल्द ही मिल गया। पिछले साल अलगू चौधरी बटेसर से बैलों की एक बहुत अच्छी गोईं मोल लाए थे। बैल पछाहीं जाति के सुन्दर, बड़े-बड़े सींगों वाले थे। महीनों तक आस-पास के गांव के लोग दर्शन करते रहे। दैवयोग से जुम्मन की पंचायत के एक महीने के बाद इस जोड़ी का एक बैल मर गया।

जुम्मन ने दोस्तों से कहा – यह दग़ाबाज़ी की सज़ा है। इंसान सब्र भले ही कर जाए, पर खुदा नेक-बद सब देखता है। अलगू को सन्देह हुआ कि जुम्मन ने बैल को विष खिला दिया है। चौधराइन ने भी जुम्मन पर ही इस दुर्घटना का दोषारोपण किया। उसने कहा – जुम्मन ने कुछ कर-करा दिया है। चौधराइन और करीमन में इस विषय पर

एक दिन ख़ूब ही वाद-विवाद हुआ। दोनों देवियों ने शब्द-बाहुल्य की नदी बहा दी। व्यंग्य, वक्रोक्ति, अन्योक्ति और उपमा आदि अलंकारों में बातें हुईं। जुम्मन ने किसी तरह शान्ति स्थापित की। उन्होंने अपनी पत्नी को डांट-डपट कर समझा दिया। वह उसे रणभूमि से हटा भी ले गए। उधर अलगू चौधरी ने समझाने-बुझाने का काम अपने तर्कपूर्ण सोंटे से लिया।

अब अकेला बैल किस काम का? उसका जोड़ बहुत ढूंढ़ा गया, पर न मिला। निदान यह सलाह ठहरी कि इसे बेच डालना चाहिए। गांव में एक समझू साहु थे, वह इक्का-गाड़ी हांकते थे। गांव से गुड़-घी लादकर मंडी ले जाते, मंडी से तेल, नमक भर लाते और गांव में बेचते। इस बैल पर उनका मन लहराया। उन्होंने सोचा, यह बैल हाथ लगे, तो दिन-भर में बेखटके तीन खेप हों। आजकल तो एक ही खेप में लाले पड़े रहते हैं। बैल देखा, गाड़ी में दौड़ाया, बाल-भौंरी की पहचान कराई, मोल-तोल किया और उसे लाकर द्वार पर बांध ही दिया। एक महीने में दाम चुकाने का वादा ठहरा। चौधरी को भी ग़रज़ थी ही, घाटे की परवाह न की।

समझू साहु ने नया बैल पाया, तो लगे उसे रगेदने। वह दिन में तीन-तीन, चार-चार खेपें करने लगे। न चारे की फ़िक्र थी, न पानी की; बस, खेपों से काम था। मंडी ले गए, वहां कुछ सूखा भूसा सामने डाल दिया। बेचारा जानवर अभी दम भी न लेने पाया था कि फिर जोत दिया। अलगू चौधरी के घर तो चैन की वंशी बजती थी। बैलराम छठे-छमाहे कभी बहली में जोते जाते थे। ख़ूब उछलते-कूदते और कोसों तक दौड़ते चले जाते थे। वहां बैलराम का रातिब था, साफ़ पानी, दली हुई अरहर की दाल और भूसे के साथ खली और यही नहीं, कभी-कभी घी का

स्वाद भी चखने को मिल जाता था। शाम-सबेरे एक आदमी खरहरे करता, पोंछता और सहलाता था। कहां वह सुख-चैन, कहां यह आठों पहर की खपत। महीने-भर ही में वह पिस-सा गया। इक्के का जुआ देखते ही उसका लहू सूख जाता था। एक-एक पग चलना दूभर था। हड्डियां निकल आई थीं; पर था वह पानीदार, मार की बर्दाश्त न थी।

एक दिन चौथी खेप में साहु जी ने दूना बोझ लादा। दिन-भर का थका जानवर, पैर न उठते थे। पर साहु जी कोड़े फटकारने लगे। बस, फिर क्या था, बैल कलेजा तोड़कर चला। कुछ दूर दौड़ा और चाहा कि ज़रा दम ले लूं; पर साहु जी को जल्द पहुंचने की फ़िक्र थी; अतएव उन्होंने कई कोड़े बड़ी निर्दयता से फटकारे। बैल ने एक बार फिर ज़ोर लगाया; पर अबकी बार शक्ति ने जवाब दे दिया। वह धरती पर गिर पड़ा और ऐसा गिरा कि फिर न उठा। साहु जी ने बहुत पीटा, टांग पकड़कर खींचा, नथनों में लकड़ी ठूंस दी, पर कहीं मृतक भी उठ सकता है? तब साहु जी को कुछ शक हुआ। उन्होंने बैल को ग़ौर से देखा, खोलकर अलग किया और सोचने लगे कि गाड़ी कैसे घर पहुंचे। बहुत चीख़े-चिल्लाए; पर देहात का रास्ता बच्चों की आंख की तरह सांझ होते ही बन्द हो जाता है। कोई नज़र न आया। आस-पास कोई गांव भी न था। मारे क्रोध के उन्होंने मरे हुए बैल पर और दुर्रे लगाए और कोसने लगे – अभागे। तुझे मरना ही था, तो घर पहुंचकर मरता! ससुरा बीच रास्ते ही में मर रहा! अब गाड़ी कौन खींचे? इस तरह साहु जी खूब जले-भुने। कई बोरे गुड़ और कई पीपे घी उन्होंने बेचे थे, दो-ढाई सौ रुपये कमर में बंधे थे। इसके सिवा गाड़ी पर कई बोरे नमक के थे; अतएव छोड़कर जा भी न सकते थे। लाचार बेचारे गाड़ी पर ही लेट गए। वहीं रतजगा करने की ठान ली। चिलम पी, गाया। फिर

हुक़्क़ा पिया। इस तरह साहु जी आधी रात तक नींद बहलाते रहे। अपनी जान में तो वह जागते ही रहे; पर पौ फटते ही जो नींद टूटी और कमर पर हाथ रखा, तो थैली ग़ायब! घबराकर इधर-उधर देखा, तो कई कनस्तर तेल भी नदारद! अफ़सोस में बेचारे ने सिर पीट लिया और पछाड़ खाने लगे। प्रातःकाल रोते-बिलखते घर पहुंचे। सहुआइन ने जब यह बुरी सुनावनी सुनी, तब पहले तो रोई, फिर अलगू चौधरी को गालियां देने लगी – निगोड़े ने ऐसा कुलच्छनी बैल दिया कि जन्म-भर की कमाई लुट गई।

इस घटना को हुए कई महीने बीत गए। अलगू जब अपने बैल का दाम मांगते तब साहु और सहुआइन, दोनों ही झल्लाए हुए कुत्ते की तरह चढ़ बैठते और अंड-बंड बकने लगते – वाह! यहां तो सारे जन्म की कमाई लुट गई, सत्यानाश हो गया, इन्हें दामों की पड़ी है। मुर्दा बैल दिया था, उस पर दाम मांगने चले हैं! आंखों में धूल झोंक दी, सत्यानाशी बैल गले बांध दिया, हमें निरा पोंगा ही समझ लिया है। हम भी बनिये के बच्चे हैं, ऐसे बुद्धू कहीं और होंगे। पहले जाकर किसी गड़हे में मुंह धो आओ, तब दाम लेना। न जी मानता हो, तो हमारा बैल खोल ले जाओ। महीना-भर के बदले दो महीना जोत लो। और क्या लोगे?

चौधरी के अशुभचिन्तकों की कमी न थी। ऐसे अवसरों पर वे भी एकत्र हो जाते और साहु जी के बर्राने की पुष्टि करते। परन्तु डेढ़ सौ रुपये से इस तरह हाथ धो लेना आसान न था। एक बार वह भी गरम पड़े। साहु जी बिगड़कर लाठी ढूंढ़ने घर चले गए। अब सहुआइन ने मैदान लिया। प्रश्नोत्तर होते-होते हाथापाई की नौबत आ पहुंची। सहुआइन ने घर में घुसकर किवाड़ बन्द कर लिए। शोरगुल सुनकर गांव के भलेमानस जमा हो गए। उन्होंने दोनों को समझाया। साहु

जी को दिलासा देकर घर से निकाला। वह परामर्श देने लगे कि इस तरह से काम न चलेगा। पंचायत कर लो। जो कुछ तय हो जाए, उसे स्वीकार कर लो। साहु जी राजी हो गए। अलगू ने भी हामी भर ली।

पंचायत की तैयारियां होने लगीं। दोनों पक्षों ने अपने-अपने दल बनाने शुरू किए। इसके बाद तीसरे दिन उसी वृक्ष के नीचे पंचायत बैठी। वही सन्ध्या का समय था। खेतों में कौए पंचायत कर रहे थे। विवादग्रस्त विषय था। यह कि मटर की फलियों पर उनका कोई स्वत्व है या नहीं; और जब तक यह प्रश्न हल न हो जाए, तब तक वे रखवाले की पुकार पर अपनी अप्रसन्नता प्रकट करना आवश्यक समझते थे। पेड़ की डालियों पर बैठी शुक-मंडली में यह प्रश्न छिड़ा हुआ था कि मनुष्यों को उन्हें बेमुरौवत कहने का क्या अधिकार है, जब उन्हें स्वयं अपने मित्रों से दगा करने में भी संकोच नहीं होता?

पंचायत बैठ गई, तो रामधन मिश्र ने कहा – अब देरी क्या है? पंचों का चुनाव हो जाना चाहिए। बोलो चौधरी; किस-किस को पंच बदते हो। अलगू ने दीन भाव से कहा – समझू साहु ही चुन लें। समझू खड़े हुए और कड़ककर बोले – मेरी ओर से जुम्मन शेख़।

जुम्मन का नाम सुनते ही अलगू चौधरी का कलेजा धक-धक करने लगा, मानो किसी ने अचानक थप्पड़ मार दिया हो। रामधन अलगू के मित्र थे। वह बात को ताड़ गए। पूछा – क्यों चौधरी, तुम्हें कोई उज्र तो नहीं?

चौधरी ने निराश होकर कहा – नहीं, मुझे क्या उज्र होगा? अपने

उत्तरदायित्व का ज्ञान बहुधा हमारे संकुचित व्यवहारों का सुधारक होता है। जब हम राह भूलकर भटकने लगते हैं, तब यही ज्ञान हमारा विश्वसनीय पथ-प्रदर्शक बन जाता है।

पत्र-सम्पादक अपनी शान्ति कुटी में बैठा हुआ कितनी धृष्टता और स्वतन्त्रता के साथ अपनी प्रबल लेखनी से मन्त्रिमंडल पर आक्रमण करता है; परन्तु ऐसे अवसर आते हैं, जब वह स्वयं मन्त्रिमंडल में सम्मिलित होता है। मंडल के भवन में पग धरते ही उसकी लेखनी कितनी मर्मज्ञ, कितनी विचारशील, कितनी न्याय-परायण होती है। इसका कारण उत्तरदायित्व का ज्ञान है। नवयुवक युवावस्था में कितना उदंड रहता है। माता-पिता उसकी ओर से कितने चिन्तित रहते हैं! वे उसे कुल-कलंक समझते हैं; परन्तु थोड़े ही समय में परिवार का बोझ सिर पर पड़ते ही वह अव्यवस्थित-चित्त उन्मत्त युवक कितना धैर्यशील, कैसा शान्तचित्त हो जाता है, यह भी उत्तरदायित्व के ज्ञान का फल है।

जुम्मन शेख के मन में भी सरपंच का उच्च स्थान ग्रहण करते ही अपनी ज़िम्मेदारी का भाव पैदा हुआ। उसने सोचा, मैं इस वक़्त न्याय और धर्म के सर्वोच्च आसन पर बैठा हूं। मेरे मुंह से इस समय जो कुछ निकलेगा, वह देववाणी के सदृश है – और देववाणी में मेरे मनोविकारों का कदापि समावेश न होना चाहिए। मुझे सत्य से जौ-भर भी टलना उचित नहीं।

पंचों ने दोनों पक्षों से सवाल-जवाब करने शुरू किए। बहुत देर तक दोनों दल अपने-अपने पक्ष का समर्थन करते थे। इस विषय में तो सब सहमत थे कि समझू को बैल का मूल्य देना चाहिए। परन्तु दो महाशय इस कारण रियायत करना चाहते थे कि बैल के मर जाने से समझू को हानि हुई। इसके प्रतिकूल दो सभ्य मूल के अतिरिक्त समझू

को दंड भी देना चाहते थे, जिससे फिर किसी को पशुओं के साथ ऐसी निर्दयता करने का साहस न हो। अन्त में जुम्मन ने फैसला सुनाया –

अलगू चौधरी और समझू साहु! पंचों ने तुम्हारे मामले पर अच्छी तरह विचार किया। समझू को उचित है कि बैल का पूरा दाम दें। जिस वक़्त उन्होंने बैल लिया, उसे कोई बीमारी न थी। अगर उसी समय दाम दे दिए जाते, तो आज समझू उसे फेर लेने का आग्रह न करते। बैल की मृत्यु केवल इस कारण हुई कि उससे बड़ा कठिन परिश्रम लिया गया और उसके दाने-चारे का कोई अच्छा प्रबन्ध न किया गया।

रामधन मिश्र बोले – समझू ने बैल को जान-बूझकर मारा है, अतएव उससे दंड लेना चाहिए।

जुम्मन बोले – यह दूसरा सवाल है! हमको इससे कोई मतलब नहीं!

झगड़ु साहु ने कहा – समझू के साथ कुछ रियायत होनी चाहिए।

जुम्मन बोले – यह अलगू चौधरी की इच्छा पर निर्भर है। वह रियायत करें, तो उनकी भलमनसी।

अलगू चौधरी फूले न समाए। उठ खड़े हुए और ज़ोर से बोले – पंच-परमेश्वर की जय!

इसके साथ ही चारों ओर से प्रतिध्वनि हुई – पंच-परमेश्वर की जय!

प्रत्येक मनुष्य जुम्मन की नीति को सराहता था – इसे कहते हैं न्याय! यह मनुष्य का काम नहीं, पंच में परमेश्वर वास करते हैं,

यह उन्हीं की महिमा है। पंच के सामने खोटे को कौन खरा कह सकता है?

थोड़ी देर बाद जुम्मन अलगू के पास आए और उनके गले लिपटकर बोले – भैया, जब से तुमने मेरी पंचायत की तब से मैं तुम्हारा प्राण-घातक शत्रु बन गया था; पर आज मुझे ज्ञात हुआ कि पंच के पद पर बैठकर न कोई किसी का दोस्त होता है, न दुश्मन। न्याय के सिवा उसे और कुछ नहीं सूझता। आज मुझे विश्वास हो गया कि पंच की ज़बान से खुदा बोलता है। अलगू रोने लगे। इस पानी से दोनों के दिलों का मैल धुल गया। मित्रता की मुरझाई हुई लता फिर हरी हो गई।

●●●